塚本邦雄歌集

尾崎まゆみ 編

書肆侃侃房

塚本邦雄歌集＊もくじ

塚本邦雄歌集　凡例

一、本書には塚本邦雄の短歌一八〇〇首余りを載せた。

一、本書は次の項目からなる。編者による選歌集と解説、塚本邦雄年譜。

一、本書は塚本邦雄の『水葬物語』と『日本人靈歌』を完本で収めた。

一、収録にあたっては『塚本邦雄全歌集』(短歌研究社)を軸に、『水葬物語』など表記の違いがあるものを含め、各歌集を参照した。『透明文法』は、『塚本邦雄全集』(ゆまに書房、一九九八)に拠り、大和書房刊行の『透明文法』も適宜参照した。ふりがなは『塚本邦雄全歌集』の通りとしている。

『透明文法──「水葬物語」以前』抄

蜉蝣紀

眼裏《まなうら》にかなしみの色湛へつつ壯んなる夏の花に對《むか》へり

草の秀《ほ》にましてするどきこころもてひとりし赴《ゆ》けり炎《も》ゆる夕べを

枇杷の花夕べの霜に冱ゆるころ古歌とほくほろび韻《ひび》きを傳ふ

飢ゑすなはち魂《たま》にしひびくことわりや枇杷散りてさむき膝をそろへぬ

額《ぬか》あげて見む春ならずわれもまた咲かされて明日に冷ゆる葉ざくら

鬱金《うこん》櫻《ざくら》蘂蒼みつつ散るなべに遺響のごとき春なりにけり

肉と心觸るる愛《かな》しき夕まぐれそれのみの夏にわかれかねつつ

やぶれはててなほひたすらに生くる身のかなしみを刺す夕草雲雀《ゆふくさひばり》

かなしみのすゑに澄みゆくいのちぞと霧冷ゆる夜夜の菊にむかへり

暗緑調

ヒューマニズムもそらぞらしかる世の隅にともかく匂へ凋《しを》れ白梅

肉體の神もしらさぬ暗がりにほのぼのとともる一つ菜の花

腸詰の空罐に插す花木槿《はなむくげ》凋《しを》れやすきを抒情と言へり

肉體も花と炎えたる日のすゑをかなしみのごとき若葉なりけり

愛戀のたはやすきかなわがうでに抱きしめたるは若葉風のみ

緑陰に「水いらず」「壁」を讀みふける君もまた蹠《あなうら》が痒いか

樹陰《じゆいん》に影なきひるはみづからの影にのがれて息ふきかへす

舊いモラルや萎《しを》れし花を投げすつるただならず蒼き五月の湖《うみ》に

人間を信ずと言ひしジッドなりき白き曇りの及ぶ桐の花

生生《なまなま》しき若葉の樹樹の下くぐりひきさかれたる二つの心

盛りの花見しが不幸のはじめかと天《あめ》昏き日の青葉に對《むか》ひ

肉體に鹽白くふく日の盛り鈍角のものはなべてにくしめ

萬緑のつゆ光る野にめざめたり翅《はね》濡れて透くわれのそびらよ

晝は木槿《むくげ》のおぼろに白き窓なればなげやりと言ふ美徳が棲める
棘の薊の不湜に光る野を怖れとほまはりすればどこへも行けぬ

天の傷

海が青いはなびらのやうに冷ゆるとて夏の昧爽《よあけ》に身を漂はす
海も葡萄も眞青《まさを》に濡れて秋が來る老人のやうに坐つてゐるな
樹樹すでに殘んの花も亡《う》せたれば神は神われはわれの晩夏ぞ
われはまたおろかにひとり瞬きて秋茄子の色冱ゆるを見たり
白いシャツを青青と著てメキシコの野の歌うたふわれは空腹

孤りなるわれの頭上に澄みきりて秋天《しうてん》は深き傷あるごとし

曼珠沙華のきりきりと咲く野に立てば身の底に湧く飢ゑもくれなゐ

嘘だらけなる世に生きかねて鶏頭の莖裂けば髄の髄まで紅し

青紫蘇の實をはりはりと嚙み散らす人に使はれていつまで生きむ

火食鳥の火をくらふさま見たりけり寒ふかきわが藍青《らんじやう》の眼に

水上正餐

海風《かいふう》に二本のゆびがはこばれぬ濡れた街街の花を匿《かく》せよ

ふてぶてしかりしは昨日《きぞ》か霧白き夜の夢に移り住むデンマーク

われより先に誰かこの崖ころげ落ち死にたらむあたり菜の花蒼き

リベラリズムと梨と卵と春塵《しゆんぢん》のさわがしき街に秤り賣られつ

花の曇の底視むと攀ぢのぼり來し梯子なり天のいづくにかかる

ここは詩人の死ぬ巷ゆゑ一ひらの花と焰が遺しおかれき

青葉ふかく駈けめぐりつつ歌ふわが火の歌よたれも聽いてくれるな

太初《はじめ》に雌ありけり夏はセロファンの花乾く街はるかに亡ぶ

花より高く飛ぶマラリア蚊人われを神神は地に這はしめたまひ

シャンデリアの下まで行けずひきかへす貴族のなれの果《はて》青蜥蜴

よあけぼくらのシーツのうへに眞青の魚が一匹こぼれてゐたか
颱風のまなこ澄みゐる緑地帯薔薇あらばきみ踊りたまへ
貝類がわがてのひらに足出して歩みをり　天の青い俎
てのひらをみつめてばかりゐるきみに遠い夏空より火箭《ひや》放つ
重い緑の雲が次第に低くなりやがてつぶれはじめる卵が
われは黄なる掌《て》のアルルカンこの街の氷河さすらひつつ夏すごす
斑猫《はんめう》は函に秘めつつちちははも少女も知らぬ夜の地下街へ
環状路の終りの司祭館裏でとほき旅への三日月麪麭《クロワサン》買ふ

屋上にある日瞰《み》し町雪ふりて無數の蝶の墓ならびゐむ
聖家族憊れて眠る薄明にピアノ響《な》りつつはこび出されぬ
眞夜中の肌のぬくみのある砂にもぐり巻貝の神聖受胎
抜穴を知つた二人が二度と目を注がぬ夜の家鴨の塒
密房の鍵ふかく鎖《さ》し耳すますさかのぼる夜の潮のひびきに
輪精管なめらかにある新緑の夜の溫室の轉落公子
花盛りの罌粟をへだてて獸らの檻一つづつ濡れる夜となり
ここに男死す幕間《まくあひ》の花束を奈落にはこびはこびつかれて

原子爆彈官許製造工場主母堂推薦附避妊藥
逞しい裸身が過ぎる花鋪《はなみせ》のおくで散る花桐のむらさき
破産直前の麪麭屋《パンや》のうら若い麪麭焼《ぱんやき》に戀されて手を燒き

八日物語《オクタメロン》

其の一　贋旅券の話

あるくたび鵞鳥が見とれ合歓《ねむ》が覺めゆくへ晦ますには無理な沓
つまさきのきずは庭師のつねなどと言ひはるほどの粋な來し方
弟が繼いだ遺產の古酒の名を遠國できくかぜのたよりに

六月の木苺宿の宿帳にジャンはジャンヌとルイはルイズと
新しきファラオの過去の妃らが狙ふみづうみばかりの領地
國籍のなき戀人がかくしもつ旅券のうらにあるただしがき
別れぎは聯隊旗手にくちづけをゆるしたあとのいたむあけぼの
氣のひける旅の途中のとある夜のホテルに入りぬ桐の花踏み

其の四　占星術の話

胃を病みてソプラノ歌手が讀みあげる飢餓報告書末尾の署名
要塞のむかし內らにいま外にこひびとの名をつづれり　兵士

砲塔にまたともる燈《ひ》よ　かずしれず小鳥わななきあふ冬の夜

其の六　五月夜話

縊られし家鴨《あひる》を買ふとさしいだす肌の温みを吸ひし銅貨を
贋眞珠つくりの末裔《すゑ》に平和の日つづく軍靴をけんめいに縫ひ

其の七　あきひそかなる日　頭韻八首

アヴェ・マリアああ秋ふかむ日の逢ひもあはあはし明日に剰すなき愛
消ゆる記憶きのふのきみのくちびるもくちなしのはな朽つる草生も
ひひらぎのはな零《ふ》らす日はひややけき碑銘に古りし一生《ひとよ》の悲歌か

そらの鳥苑のけものにそひて生く　僧門の眼よそよかぜに似て
紙うすき傘かたむけてかへりきぬかひなきかよひ路の片かげを
ナルシスの名のみ空しく虹に似つながされてゆく日日のなごりに
路可傳《ルカでん》の縷縷と説かるる或るひるをかへりゆく雁かひるがへるなれ
ひと待つとまひるひたひのあせひゆるひとときを顫へゐるひるがほよ

其の八　終りの日の別れの唄

鐵の扉《と》にユダ美しき聖餐の圖を彫りぬにがき一生《ひとよ》のために
薔薇插せる帽子のくらき翳にして交すなる戰争《いくさ》までの日の戀

熟麥のにほふ項《うなじ》にあすの夜の狩への祕かなるいざなひを

戀の時きみのうしろにあはあはと死にいたる刻きざむ打樂器

迷宮逍遙歌

戰場のしるし眞紅に地圖ありき春くらき壁の死へのいざなひ

ジッドの死、みどりの羽毛、はやり唄、みなわすられき夜の噴水

絃樂器ひびきかはせり　青年の未知なる暗き領土のなかに

洋樂の街ゆくときも青年の髪にまつはる硝煙の香を

紅蓼のたのしき芽生え玩具用戰車製造商破產後に

復活祭過ぎてやすらかなる街の夜明しきりにふれる死の灰

戀くらくわがまなうらにきざせると紅茶のなかにけむる牛乳

「巴里のアメリカ人」曲果てて一様に黄色《くわうしよく》の頰攣《つ》らせ起つなる

重油槽内部からびてをりからの唄韻《ひび》きこもりたり「死と少女」

基地めぐる夜の薔薇園に銃眼はあまた光れり薔薇衛《まも》るため

火屋《ほや》厚きランプ積荷す　海彼なる革命の街に昏くともらむ

少年展翅板

櫻桃にひかる夕べの雨かつて火の海たりし街よ未來も

人いきれいまださめざる空室に夕光《ゆふひかり》さす額のモナ・リザ
馭者あゆみ去りし昧爽《よあけ》の甃石《しきいし》に蝶踏まれ黒き紋章のこす
シャヴァンヌの「愛國」の繪にありし罅《ひび》つかれしときの心にうかぶ
肉と花としづかに饐《す》ゆる冷房の壁にねぢまげられたるパイプ
ちちははの遺影もたねば風琴のひかりとどかぬ内の樂音
少年のかがやくひとみ展翅板上のみだるるなき死を閲《けみ》す

『水葬物語』（完本）

亡き友　杉原一司に獻ず

J'ai créé toutes les fêtes, tous les triomphes, tous les drames. J'ai essayé d'inventer de nouvelles fleurs, de nouveaux astres, de nouvelles chairs, de nouvelles langues.
"UNE SAISON EN ENFER"

・・・・私はありとある祭を、勝利を、劇を創つた。新しい花を、新しい星を、新しい肉を、新しい言葉を發明しようと努めた・・・・・・・・・・

ランボー

未來史

平和について

革命歌作詞家に凭りかかられてすこしづつ液化してゆくピアノ

地主らの凍死するころ壜詰の花キャベツが街にはこび去られき
輸出用蘭花の束を空港へ空港へ乞食夫妻がはこび
賠償のかたにもらひし雌・雄の鬪魚をフライパンにころがす
元平和論者のまるい寢臺に敷く——純毛の元軍艦旗
國國の眼にかこまれて繪更紗や模造眞珠をつくる平和を
聖母像ばかりならべてある美術館の出口につづく火藥庫
萬國旗つくりのねむい饒舌がつなぐ戰爭《いくさ》と平和と危機と
ある夏の小麥の飢饉、そのやるせなさ唄ふアルト歌手のロマンス

墓碑に今、花環はすがれ戰ひをにくみゐしことばすべて微けく

市民

貴族らに扉あかるくひらくたび、青銅の蝶つがひが軋めり
樂人を逐つた市長がつぎの夏、蛇つれてかへる——市民のために
魚卵孵化所を中心に網狀の道成りぬ。市長夫人の歿後
食慾のうせた食蟲植物の花を市民のボタンのあなに
騎兵らがかつて目もくれずに過ぎた薔薇苑でその遺兒ら密會
母よりもこひびとよりも簡明で廉くつくダイジェストを愛す

シャンパンの壜の林のかげで說く微分積分的貯蓄學
人民のための國立劇場のギリシア悲劇のマティネわりびき
部屋・部屋に眠れる鬪士、その腰の鍵束の鍵つねに鳴りあひ
いくさには用途絕無なキュラサオの壜に貼る黑いうつしゑの裸婦

雨季に

盜賊のむれにまじりて若者らゆき果樹園にせまりくる雨季
つひにバベルの塔、水中に淡黃の燈《ひ》をともし——若き大工は死せり
永いながい雨季過ぎ、巨《おほ》き向日葵にコスモポリタンの舌ひるがへる

手から手へわたるバナナのやはらかな果肉に刻まれる未來史が
黴雨空《つゆぞら》がずりおちてくる　マリアらの眞紅にひらく十指の上に
雨季を待ちまちくたびれた足どりが浮標《ブイ》のうく朝の湖《うみ》へ重たく
見世物に賣る縞馬にをしへこむルバシカと燕尾服の著わけを
幹を這ひ枝から塔へすべりこみ蛇が女と待つ春のバル
白蟻の卵の中にあたらしきニヒル胚胎する雨季なれど
てのひらの傷いたみつつ裏切りの季節にひらく十字科の花

鎮魂曲

帆の章

貴族らは夕日を　火夫はひるがほを　少女はひとで戀へり。海にて

海の泡、泡に映れるひるの月にやはらかき木のいかりをおろす

かの國に雨けむる朝、わが胸のふかき死海に浮くあかき百合

兩岸にレクイエムの響《な》る河をゆく船、たそがれて薊色の帆

しかもなほ雨、ひとらみな十字架をうつしづかなる釘音きけり

美しき難破者たちのながれよる岩、海百合は潮になびかひ

虹見うしなふ道、泉涸るる道、みな海邊の墓地に終れる

アルバトロスの卵の殻に皇帝は落胤の名のかずかずしるす
蜂腰のバレリーナらをのせてゆく船、なめらかに光る海境《うなさか》
裸婦ら黒き絹をまとひて去りしのち窪地の邑《まち》をひたしくる潮

旗の章

兵士ねむる革椅子のかげ、古びれし地球儀の海みどり濃かりき
青年の眼をおほふ旗、古代よりけがれてひるがへる神の旗
かたむきし記憶の窓と彈痕のある薔薇館、つひに點燈《とも》らぬ
赤い旗のひるがへる野に根をおろし下から上へ咲くジギタリス

豫言者を背にすさりゆくタブローの木馬、流るる平和なる悲歌

室内に忘られし旗——風たてば異國の裸婦の畫にうちなびき

湖の夜明け、ピアノに水死者のゆびほぐれおちならすレクイエム

黑き旗・旗　はためける荒地より深き睡りを欲りて巷へ

薔薇つむ手・銃ささへる手・抱擁《あひいだ》く手・手・・の時計がさす二十五時

戰爭のたびに砂鐵をしたたらす暗き乳房のために禱るも

葦の章

ある春に播かれある春花咲きし葡萄の蔓につなぐ牝鹿を

禁獵のふれが解かれし鈍色の野に眸《まみ》ふせる少年と蛾と
眼を洗ひいくたびか洗ひ視る葦のもの想ふこともなき莖太き
陸に尼僧、樹に栗鼠、河にいつまでもひろひての無き葦の方舟
葦群に風鳴るゆふべ、黄色の母系家族はデルタを逐はれ
贋札《にせさつ》であがなひし繪の遠景の野をゆける盲目の縞馬
葬送の曲いさましき列をぬけ湖《うみ》にしづむる錆びし喇叭を
麥の花見えぬ日のくれ、麥芽糖仲買人が胸にともす燈《ひ》
鳥兜嘸みて古風に死ぬ司祭ひとり、孵りし千の白蟻

春きざすとて戰ひと戰ひの谷間に覺むる幼な雲雀か

水葬物語

失踪告知

炎天の河口にながれくるものを待つ晴朗な僞《にせ》ハムレット

夜會の燈《ひ》とほく隔ててたそがるる野に黑蝶のゆくしるべせよ

裏側にぬれたひとでの繪を刷つて廻す——愛人失踪告知

颱風の眼のしづかなる綠地帶、そのなかに薔薇　棘らうしなひ

肉を買ふ金てのひらにわたる夜の運河にひらき黑き花・花

かへりこぬ牡の鵞鳥をにくみゐし少女も母となり森は冬

雪國の雪の酒宴に戀人の柩車ころがしつつ馳せ參じ

雪の夜の浴室で愛されてゐた黑いたまごがゆくへふめいに

向日葵と黑きひとみの少女佇《た》ちゐしかの蔭も凍《し》みゐたり。苑

百合が港に賣られある日日、溺死人見物につづくマダムも僧も

アルカリ歌章

淡水の潮とまじはる河渉りたびびとら麥の種子をもとめき

湖に若い悍馬が死ぬ春のものぐさな蘆、お喋りの蘆

黑蝶の翅のかなたに湛へたる冷やけき喪の湖《うみ》を信じき

アルカリの湖底に生《あ》れて貝類はきりきりと死の螺旋に巻かれ

水死者のゆびにまつはる一枚の荒地の地圖にある私娼窟

海底に夜ごとしづかに溶けゐつつあらむ。航空母艦も火夫も

くりかへし翔べぬ天使に讀みきかす——白葡萄醋酸製法祕傳

圓柱のかさなる翳をくぐり來て火口湖に昨夜《よべ》の死蝶をながす

磔刑の釘うつひびき夜もすがら　死火山の襞に湖《うみ》はひかりて

廢港は霧ひたひたと流れよるこよひ幾たり目かのオフェリア

溶ける歌

館いま華燭のうたげ　凍雪に雪やはらかくふりつもりつつ

無精卵から生れし鳥がいつよりかうら若き火夫の胸毛にやどり

爲替手形や葡萄の房をポケットに女から女の旅にくたびれ

ドン・フワン。それの系譜に連なれる石工がきざむ盲少女像

銃身のやうな女に夜の明けるまで液狀の火薬塡《つ》めゐき

ヴァチカンの少女らきたりひしめける肉截器械類展示會

幕間《まくあひ》の幕のうしろでなれそめし檢死人とプリマ・ドンナの情死

刺客らの集まる夕べ軍樂ははなやかにくらく地下より湧き來
とりかへて穿きし木沓は　淑女用ゆゑひとりでに賭場《とば》へ足向き
みなとには雪ふりゆきのしたに住む少女が夕べ賣るあかき魚

寄港地

火夫と水母

みづうみに水ありし日の戀唄をまことしやかに彈くギタリスト
ダマスクス生れの火夫がひと夜ねてかへる港の百合科植物
乾葡萄のむせるにほひにいらいらと少年は背より抱きしめられぬ

しめりたる帽子いだきてぬけいづる巷なり昏き虹かかりゐし
遠い鹹湖の水のにほひを吸ひよせて裏側のしめりゐる銅版畫
繊い手のナルシスがゐた凍港を去り・・・ラフレシアひらく河港へ
まだ眠りゐるふくよかなあけがたの濕地で殼をぬぐかたつむり
男は身をひさぐすべなし若萌えの野に黒き椅子一つころがり
寄港地のくらい夜明けに火夫たちがひらくくらげの解剖圖など
喪の花のやうに運河を過ぎゆきし流氷は明《あか》きはるの港に

粋な祭

當方は二十五、銃器ブローカー、祕書求む。――桃色の踵の
從僕が窓の常春藤《きづた》のしげみからわたす花束・媚藥の小函
綠野ひねもす蜥蜴のやうに滑りきて夕映えの中の椅子見つからぬ
ゆきたくて誰もゆけない夏の野のソーダ・ファウンテンにあるレダの靴
花とざす花苑をぬけて花ひらく獸園に不意の逢瀨を待つも
密獵のながきたびぢの果ての或る宿で誦《ず》す赤き文字の祈禱書
芽をふける楡の切株、そこにある淫賣婦《ぢごく》の沓に途ふさがれぬ
春はやく肉體のきず靑沁むとルオーの昏き繪を展くなり

牝豹逐ひおひつきし森、樹の洞《うろ》にとろりと林檎酒《りんござけ》釀《かも》されゐ
嘘つきの聖母に會つて賽銭をとりかへすべくカテドラールへ

麪麭の歌

木の椅子のさむきまどろみ、家畜らはふつくりとおもき麪麭をいだきて
表には蛇、裏に首、くつきりときざみたる金貨――麪麭屋にわたす
花合歡《はなねむ》は消えたラムプのくらがりに囁きてをり。はるかな巴里祭
アスパラガスの林にひびく輕音樂、皿はグラスに重なり睡る
昆蟲は日日にことばや文字を知り辭書から花の名をつづりだす

麪麭いだき佇《た》てば周りの葦群に泥にひぐれの風たちにけり
ゆりかごでおぼえし母國語の母音五つも柩ふかく納めぬ
人間《ひと》に飼はれて春過ぎ、だるい夏がすぎ、鬪魚はうすき唇もてり
夕顔のしぼむ時刻とタブローの裸婦の身許を知る波斯猫
ひとでらは昔抱きし軍艦のかの黒き腹戀ひつつ今日も

パソ・ドブレ

ものがたり

エスキヤルゴオ　・　かたつむり

エコルス　・　樹の皮

エコオ　・　うはさ

エスキヤルパン　・　舞踏靴

エリス　・　らせん

エリプス　・　だゑん

エスキナンシイ　・　扁《に》桃腺炎

創生記

ナルヴアル・ニエル・ヌウヴエル

ネクタアル・ノエル・マル・ミル
ムウル・メエル・・・・モオル

一角魚・黒穂・風聞・神の酒・ク
リスマス・悪・千・貝・海・・死

神託

シレックス　・　ひうちいし
シエル・シル・シス　・　天・睫毛・六

シカトリス　・　くろいあざ
ナアクル・ナザル　・　眞珠母・鼻音
ナタル・ナルシス　・　生地・・水仙

愛撫

ル・コニヤツク・ラ・マニフイサンス
エ・ル・シイニユ・ラレニエ・ラ・ミ
ニヨン・エ・レ・シヤムピニヨン・・
　きつい酒・華美な品物・白い

鳥・蜘蛛と可愛い女ときのこ

椿事

ダンドリヨン・リヨン　・　たんぽぽと獅子

ポワソン・コリマソン　・　おさかなと蝸牛

フアソン・ギヤルソン　・　ゑんりよ・少年

アルム・ヴアキヤルム　・　武器・大さわぎ

トリコロールの歌

灰色の章

リラの花踏みてゆく靴・靴　明日は戰火の街をゆきかへり來じ
彈道の果てに野展《ひら》けいたましき空間に馬・百合・樹木・人
革命にうちふりし手の熱すこし冷ますため鐵の絃樂器おき
移動する無煙火藥の位置・位置に目じるしを置く葡萄の種を
三色旗　その色・色の間隙に待ち伏せてゐる刻刻の蝶
たたかひの唄に少女が和して彈きある時は皮肉めくマンドリン

ギョティーヌに花を飾りてかへりきぬ――斷頭人《くびきり》の待つ深夜のキャフェに

絨毯にこぼれし酒もマズルカのあひてもいくさ經て香り亡せ

艦長のふるき記憶にある珊瑚礁のあしあと――海底に消ゆ

鐵壁の一部が軟らかく溶けてバレリーナの赤化豫告し

綠色の章

洪水の日の花の浮標《ブイ》、群盗がかつて帽子にかざしし色に

森かげにただよふ破船、そのくらき内部にひくく祈禱ひびけり

囚人や死者への椅子は空席のまま　薔薇園やみ濃くなりぬ

春天に白き飛機あり。牝鶏のやうに穢れてゐるイヴの末裔《すゑ》

葡萄色に湖《うみ》うるみゐき、葦笛にきずつきし唇《くち》よする夕べの

獵犬は夜の湖《うみ》に驅けのこされしギタールが囁ける死と愛と

痙攣《ひきつ》れる死鶏の眼、輪唱の　輪唱の輪のひろがるなかに

旅終る二人となりてをしみあふ植民地産鳥貝サラダ

女との旅の終りを暗示する氷山の濃きみどりなす陽よ

鹽分のごく濃い海を選りて航《ゆ》く帆船の船底での華燭

橙色の章

火薬庫に近き橄欖《オリーヴ》樹林には戀の時うばはれし小鳥ら
決鬪の刻におくれし騎士とその牝馬に贈る蔓薔薇の鞭
縞馬にしたがひゆきぬ薊野にさす朱き月にくしみながら
軋みつつ背中の少女ゆすりゐる木馬、玩具の國にある危機
王様に　とさかに創のある鷄の過去　密告したる賞の楯
野は太初《はじめ》、棘ある草と眸《まみ》ぬれし獸とくろき角笛ありき
陷穽を豫知するゆびのなめらかなうごきに眩暈《めまひ》するチェスの騎士
安息日。花屋のずるいマダム、掌《て》に鋏ふり唄ふ音癡《おんち》のキリエ

少年の戀、かさねあふてのひらに光る忘れな草の種子など
詩人たちよりもづうづうしい玩具園の鵞鳥ら連れて懺悔に

LES POÉMES DROLATIQUES

コキュの歌

風媒花ばかり培《そだ》てて生きのびた園丁の掌《て》の圓錐形果
楡の切株に腰かけ友情について議論をするコキュ同士
寝室の四隅の赤い蠟燭がときどきともり居留守がつづき
石柱の裏に性器のゑをひとつづつ描き冬の夜のバルを閉づ

鹵獲品中の薔薇油やオパールに妃が飽きたころ、またいくさ
夫人への招待状の封蠟はとけたまま、馭者のゆくへが知れぬ
果樹園に運びこまれるいくつかの柩の中にゐる假死のコキュ
ぬすみぎきなどするくせは皇帝の馬車に便乗してうつされき
皇后の寢室の扉《と》にラテン語でつづられた「贋物に御注意」
鍵孔から覗けば黑きてのひらにすきとほりゐる雲雀の卵

扇の歌

ヴィオレテーラの春をひさいだ濕地には生れて消える黑い水泡

燭臺がふいにとりさられて客間中の裳裾のはなびらひらき
花かげに七面鳥ら愛しあふ苑ゆけば水の浸みる木沓よ
密會のみちかへりくる少女らは夜を扇のやうに身につけ
鳥貝やチーズが好きな僧正のソファのねぢくぎたびたび弛み
寶石函につけて女帝へ鄭重にのびちぢみする合鍵獻ず
賄賂《まひなひ》の黑天鵞絨《びろうど》の上沓に月日ながれぬ。女主人も老い
はれやかに喪服のえりをたてて棲む夫人のヴィラの喇叭水仙
密葬のかへり司祭に褒められた喪服も明日はぬぐことに決め

紅海をさかのぼり來し寶石の密輪者に纖きゆびをからます

薔薇疹

出帆のおくれるたびに豪華船内の紳士がふやすあぶな繪

デカメロンの終りの朝、ぬるぬるとなま卵嚥む轉落公子

割禮の前夜、霧ふる無花果樹《いちぢく》の杜《もり》で少年同士ほほよせ

遠方にあふれゐる湖《うみ》、むずかゆくひろがりてゆく背の薔薇疹

えりくびの皓い少女にことづける市長の夜盲症處方箋

つかへないままに女系の祕家傳の媚藥はききめ喪ひそめぬ

宰相が明日の密會場所を掌《て》の渦にうらなひ喰ふアスペルジュ
父母よ七つのわれのてにふれしひるの夕顔なまぐさかりき
にせ公爵と踊りたる夜の霧にぬれ銀色の黴《かび》をふくバル・シューズ
騎士たちのかへりくる夜、棘のある舌がしづかに水面にふれ

スペイン綺想曲

エル・レリカリオ

窓下にむせぶギターラ、ギターラは墓穴に似し黒き洞《あな》もち
闘牛に死んだ男の愛撫などひそかによみがへるマンテーリャ

葡萄酒にぬれた小指が卓上に綴るさまざまの愛のちかひを

黒檀の扇のかげににくしみと愛のひとみがこもごもに燃え

マタドールらの夜を知る闘牛の牛らは青き空まぶしみき

かりそめの戀をささやく玻璃窓にはるかな街の夜火事が映り

象牙のカスタネットに彫りし花文字の　マリオ　父の名　ゆくさき知れず

樹の幹を流れゐる血と男子らのよびごゑに眩《くら》む五月の少女

そむきたる女のこゑもひびきゐむかちどきの外に死す闘牛士

死に近き胸に祕めしは戀人の足あとのあるタピのきりぬき

新アランブラ物語

革命の旗より紅き薔薇咲くとをはりに近くなる敗けいくさ
亡命の旅にしたがふ妃らがえりに縫ひこみわすれし耳環
春雪にこごえし鳥らこゑあはす逝ける皇女のためのパヴァーヌ
逐はれゐる士官も祭禮《まつり》めぐりゐるヒターナも春のリスボン指して
遣されし母ら釀せる葡萄酒の樽にひそみてゐむ子らの血よ
砲煙のなほたちこむる森・森にすみれをさがす父の墓碑への
棘をもつ樹樹わけゆけりその森のかなたの海にいくさ終ると

殺戮の果てし野にとり遣されしオルガンがひとり奏でる雅歌を
園はいま初夏《はつなつ》、戀の記憶などつぶつぶ黒き果《み》と熟れゐつつ
翅あはすやうに兩掌《りやうて》をあはせつつ君かへる日を花にいのりし

謝肉祭

出窓には匂ふ忍冬、すぎさりし戀にはゆかりなく鳴るボレロ
謝肉祭のよひから瞳ふせしまうつとりと人を待つセニョリータ
ひる眠る水夫のために少年がそのまくらべにかざる花合歡
巻麪麭にある爪のあと、祭禮の夜麪麭燒きをうらぎりし妻

窓窓の男に戀をささやかれ夜は月のしづくするソンブレロ
ギタールと麒麟と少女消え去りし曲馬團《シルク》のあとにさす朝の月
舞踏靴人目をさけてはく踊り子のつまさきにある過去のきず
渇水期ちかづく湖《うみ》のほとりにて乳房重たくなる少女たち
カルナヴァル、そして冬・春、父知らぬ子が編める金雀枝《えにしだ》の花環を
謝肉祭の果てた森から背のぬれし牝馬放てり朝焼けの野へ

環狀路

迷路圖

贋札《にせさつ》のるいかろらかに街を流れ野にながれ——暗い夕日にひびき

迷路ゆく媚藥賣りらも榲桲《まるめろ》の果《み》を舐めてまた睡りにかへり

てのひらの迷路の渦をさまよへるてんたう蟲の背の赤と黑

夕映の圓塔《ドーム》からあとつけて來た少女を見うしなふ環狀路

聖母像の乳房狙へる銃孔の中の螺旋に眼をまきこまれ

祝婚歌くらくひびける僧院のやはらかき壁に掌型をしるす

マリオネットの絲斷れてをり。　暗幕の隙間には瞳《め》と花束の渦

冷えてゆく坩堝の金の熔液に沈みきらない魔術師のゆび

過ぎてゆく時間の軌跡、薔薇の夜のバルも再びひらかれざらむ

花の無い昨日《きぞ》より明日へ日時計の日に背き指す刻の翳りを

催眠歌

函のうちらはながいたそがれ、人間も蛾もひそやかに燈《あか》りを周り

から・から・から・からの夏天にアメリカの薔薇類轢《ひ》きてゆく跛馬《びっこうま》

夜のつぎにくるはまた夜、かなしげな魚の眼の中に燈《ひ》ともせ

葦むらにつづく囚徒の列を見しそれからの骰子《さい》はいつも偶《ちやう》の目

ゆきかへる少女らの瞳にくちびるに風と光の死ぬ環状路

古き砂時計の砂は　祕かなる濕《しめ》り保《も》ちつつ落つる　未來へ

暗い傾斜を花のころがるひびきありひびき遣されし身のふしあはせ

ナルシスの變貌も視てみづからに鞭うてり紅き蔓薔薇のむち

燈《ひ》のともるまへの臺詞《せりふ》にゆびさきがあつい操り人形芝居

ギニョールの一座の花と墓守のあひびきの夜を乾ける森よ

優しき歌

受胎せむ希ひとおそれ、新緑の夜夜妻の掌《て》に針のひかりを

君と浴みし森の夕日がやはらかく捕蟲網につつまれて忘られ

檻ぬれし夜はねむられぬ羚羊《かもしか》に色硝子製受胎告知圖

卓上に舊約、妻のくちびるはとほい鹹湖の曉《あけ》の睡りを

緑夜、毛蟲のメタモルフォーズ。はたはたと翅とぢておもき哲學辭典

どこまでも坊やのさきへさきへ翔《と》ぶ斑猫と慈善音樂會へ

優しき歌選りて教ふる日々の吾子よブリキの喇叭を厭ひ

ここを過ぎれば人間の街、野あざみのうるはしき棘ひとみにしるす

繪がらすの鳥や花らににじみ降る雪、さりげなき別れの時の

園丁は薔薇の沐浴《ゆあみ》のすむまでを蝶につきまとはれつつ待てり

跋

僕たちはかつて、素晴しく明晰な窓と、爽快な線を有つ、ある殿堂の縮尺圖を設計した。それは屢屢書き改められ、附加され、やうやく圖の上に、不可視の映像が著著と組みたてられつつあつた。その室・室の鏡には、過剰抒情の曇りも汚點もなく、それぞれの階段は正しく三十一で、然も各階は、韻律の陶醉から正しくめざめ、壁間の飾燈は、批評としての諷刺、感傷なき叡智にきらめき、流れてくる音樂は、敍事性の蘇りとロマンへの誘ひとを、美しく語りかける筈であつた。

僕たちは共同の實驗室で、この殿堂のすべての構成要素を、より精密なより健康な方程式により、創造すべく孜孜と營みつづけた。方程式を、僕たちはかりに「方法」とよび、ラボラトリーを「メトード」と名づけた。そのむくいの無い、然し光榮あるいとなみの半ば、一九五〇年五月二十一日、この實驗室の創始者は、たぐひ稀な才能をひめて夭折した。畏友　杉原一司　二十五歳。

この『水葬物語』九聯二百四十五首は、彼が發見した種種の方程式による、僕のまづしい實驗の結果の一部にすぎない。しかしこの結晶、可結晶體、化合物が構成した、かの輝かしい「殿堂」の相似形は、過去のさまざまの歪んだ架設物、卽ち、模倣と獨斷のモデルニスム、神祕と靈感とに靠れかかつたリリシスム、神の國にのみ通用した奇怪なユマニスム等等といちぢるしく次元を異にして聳え、何人かの眼は、必ずやその內部の知性の燈をひそかに認めるであらうことを信じてゐる。

たたかひとたたかひの谷間において、この燈が生きるための何を導き出すか、また具體的に、現代の短歌にいくばくを附加し、示唆するかは、僕自身にも全くの疑問ではあるが、僕はやはり、明日も明後日も、そして生命あるかぎり、この營みを誇りをもつて續けると、あらためて茲に誓はう。

われわれにとつて野望こそは、思考の底邊にあつて、すべてをその上に建設するところの、誠實性であり、生きる努力である〈K・S〉

一九五一・五・五　　著者

『装飾樂句《カデンツァ》』抄

惡について

五月祭の汗の青年　病むわれは火のごとき孤獨もちてへだたる

愕然と干潟照りをり目つむりてまづしき惡をたくらみゐしが

愚かしき夏　われよりも馬車馬が先に麥藁帽子かむりて

長子偏愛されをり暑き庭園の地《つち》ふかく根の溶けゆくダリア

われに應ふるわれの內部の聲昧《くら》し乾貝が水吸ひてにほへる

鞦韆《しうせん》に搖れをり今宵少年のなににめざめし重たきからだ

水に卵うむ蜉蝣《かげろふ》よわれにまだ惡なさむための半生がある

額《がく》の牧神《パン》の皮膚むらさきに光りをり白晝が午後にうつりゆく時

わが飼へる犬が卑しき耳垂れて眠りをり誰からも愛さるるな

不安なる今日の始まりミキサーの中ずたずたの人參廻る

さわがしき愛戀のするゐ老優がつひに飼ひはじめし眼鏡猿

われの青年期と竝びつつ夜の驛の濕地に行きづまるレールあり

鷄卵を燈《ひ》に透かしつつぢりぢりと生溫き生《せい》をたのしみゐるか

われに昏き五月始まる血を賣りて來し青年に笑みかけられて

人間に視つめらるれば炎天の縞馬の白き縞よごれたる

夜の苑朱欒《ざぼん》熟れつつわが心あやふきに〈智慧は呼ばはらざるか〉
天國荘養老院に今年死者皆無　牛肉いろの煙突
われが不在となりたる街に軋みつつ鹽積みて入りゆきし荷車
寒ゆふぐれ樂器店にて風琴のひとつ賣れ、殘りくらくひびかふ
屠殺場の黒き凍雪《いてゆき》　死にあたひするなにものも地上にあらぬ
血液銀行前の暗渠に騒然と家竝《やなみ》の下水かがやき落つる
喜劇最後まで笑はずに出て來しがわが鼻の尖ばかりに雪降る
梅雨の蒼き窓窓閉《し》めて何か待つテレーズ・ラカンめける妻達

にくしみに支へられたるわが生《せい》に暗綠の骨の夏薔薇の幹
榮ゆることなく晩年は到らむにこのシグナルの濁る橙黃《たうくわう》
人に飽きて入り來し畫展レダの繪にくらくらと赤き西日てりつつ
青年の不逞なる冬、朝朝は黑きジヤケツに首つつこみて
葡萄啖ひうきたる齒ぐき嚙みてをり己れの內部《うち》の惡を覺ますと
ハムレットの皆すさまじく艷れたる後《のち》おもひをり深夜渴きて
われの戰後の伴侶の一つ陰險に內部にしづくする洋傘《かうもり》も

地の創

錘《おも》りつけしごとき睡りの中に戀ひ妬む水の上歩みしイエス

胃を病みて子と鞦韆《しうせん》に遊びをり〈平和なれども地を嗣がぬもの〉

死が内部にそだちつつありおもおもと朱欒《うちむらさき》のかがやく晩果

青年の群れに少女らまじりゆき烈風のなかの撓める硝子

漕刑囚《ガレリアン》のはるけき裔か花持てるときもその肩もりあがらせて

屋上苑より罌粟の果《み》投げてゐるわれとわが生くる地の昏き斷絶

裂《き》れぎれの過去もつわれが降りゆかむ棧橋のすゑ海に沒する

イエスは三十四にて果てにき乾葡萄嚙みつつ苦くおもふその年齒《とし》

まづしくて薔薇に貝殼蟲がわき時經てほろび去るまでを見き

暗渠の渦に花揉まれをり識らざればつねに冷えびえと鮮《あたら》しモスクワ

モスクワ・ゴリキー街の日曜日の暗き寫眞あり濡れし紙屑の中

髮油《はつゆ》つめたく額《ぬか》ににじめり自らの葬《はうむ》りの備へひそかにすすむ

飼猫をユダと名づけてその昧《くら》き平和の性《さが》をすこし愛すも

ながき雨季の地《つち》の下ゆく地下鐵に降りゆけり安息日の家族たち

鳩ら鳩舍の奥に嘴あはせをり外の炎天に死のにほひ滿ち

晩夏の屋根にタール塗りしが家ぬちの猜疑かたみに深からしむる

炎天に垂るる鞦韆《しうせん》　眸《まみ》とぢて易易としたがひ來しものの果て

生きのびて癡《おろ》かに暑し火喰鳥蒼然として羽抜けかはる

黴びて重きディスクの希臘《ギリシア》民謡《みんえう》の和音を愛しつつ零落す

酷暑しづかなる老年の慾望と桃いろのトマト水に沈める

晩夏ふかく涸れし運河に　生きのびてわれの喪ひたるもの充てり

賣るべきイエスわれにあらねば狐色の毛布にふかく沒して眠る

洋傘修繕人が寸斷せし骨をばらまきて立つ寒き地《つち》より

イエスの代價《あたひ》銀二十枚われの齒の幾枚か缺けて冬に入るべし

船渠《ドック》の船の傷ことごとく塗られゆく不安なる平和なれど續けよ

藁婚式《かうこんしき》　今はつぐなひ得ぬもののいくばくや濃く芥子《からし》を練りぬ

すがすがしき飢ゑに堪へをり死なざらばキリストも脂ぎり老いゐけむ

赤き旗の背後のなにを信じゐる青年か瞳《め》に荒地うつして

水道管埋めし地の創なまなまと續けりわれの部屋の下まで

キリストの齢《とし》死なずしてあかときを水飲むと此のあはき樂慾《げうよく》

聖金曜日

高度千メートルの空より來て卵食ひをり鋼色《はがねいろ》の飛行士

父母金婚の日は近みつつ食塩のつぼにかわきし食塩あふる

聖ピリポ慈善病院晩餐のちりめんざこが砂のごとき眼

スラム街に寺院まじりて人の〈死〉に今宵みづみづしき燈《ひ》をともす

蟻、ピアノの鍵《キー》をあゆめり　心翳りゆくひそかなる黒人靈歌

西ドイツ孤兒院の子の繪に火喰鳥と歪みし王冠ありき

結婚衣裳縫ひつづりゆく鋼鐵のミシンの中の暗きからくり

無疵《むきず》なる街やはらかにつつむ雪見つつしづかに湧く怒りあり

ジャン・コクトーに肖たる自轉車乗りが負けある冬の日の競輪終る

剝《は》がされし天幕のあと枯原に黑くしびれし空間のこる

睡りたる寒き空港と緑色《りよくしよく》の燈《ひ》もてつながる夜間飛行機

罌粟畑の背後に巨き瓦斯タンクひと日するどくかわきて立てり

サーカスのかかりしあとに冬草が濃く萌えぬ今年いくさ無かりき

ル・コルビュジェの建築學に殉じたる少年よ鉛筆のごとく瘦せつつ

つつしみて生きむ或る日を來し少女昏き地に蛇描きて去れり

殺蟲劑撒かるる冬の果樹園を過ぐ　この戀もみのらず果てむ

平和記念ドーム観に來て老婆たちふはふはと綿菓子を食ひをる

影繪・魚・ナイフと日日に愛移す少年に暑き聖金曜日

向日葵群島

屋上の獸園より地下酒場まで黑き水道管つらぬけり

原爆忌昏れて空地に干されゐし洋傘《かうもり》が風にころがりまはる

ガラス工場ガラスの屑を踏み平《なら》し道とす　いくさ海彼に熄《や》む日

國ほろびつつある晩夏　アスファルトに埋沒したる釘の頭《づ》ひかる

夜天より鞦韆《しうせん》赤き鎖垂る——死者をして死者を葬らしめよ

硝子工くちびる荒れて吹く壜に音樂のごとこもれる氣泡

少女婚期にむかへり街の突風に蒼き蝙蝠傘を盾とし

羽蟻逐はれて夜の天窓にひしめけり生きゐれば果てに逅ふ鏖《みなごろし》

遺作展無名のままの小さき繪の向日葵背後《うしろ》眞紅に塗りて

少年發熱して去りしかば初夏《はつなつ》の地に昏れてゆく砂繪の麒麟

身をまもるための默《もだ》のみ干柿の種子透明の果肉をまとふ

ゆび纖き母系家族らからみあふ常春藤《きづた》の網の中の沒落

あざむかれつつわれら生きゐて冬日《とうじつ》の禽獸の眸《め》のふかき褐色《かちいろ》

默示

爆擊の日もぬるき水吐きゐたる水道に死がしたたり始む

無賴にて眞夏も熱き珈琲をこのめりき　孤り雪谿に果つ

「キージェ中尉」の樂ながれ來て寒天は慾望のごと固まりゆきつ

喜劇映畫觀てゐるときもすぐ其處《そこ》に冷たき光洩る非常口

冷房の中にかすかに熱風がかよひをり貶《おとし》められつつあるか

煤、雪にまじりて降れりわれら生きわれらに似たる子をのこすのみ

競輪場の雨、削《そ》がれたる地の膚《はだ》を砂ながれゆくさま見て徒食

藥種商モナ・リザを商標として藥效かざればしぶとく榮ゆ

枇杷の實と若者の腕こすれあふ電車疾走せり曉《あかとき》へ

裝飾樂句

道化師と道化師の妻　鐵漿《かね》色《いろ》の向日葵の果《み》をへだてて眠る

ジョゼフィヌ・バケル唄へり　掌《てのひら》の火傷に泡を吹くオキシフル

眼に見えぬもの轢かれたる滑走路　花抱へたる老婆よぎりし

春ゆふべ給水塔に水滿たすひびきあり舊き祈禱のごとく

慈善舞踏會たけなはに婦人用蝙蝠傘《かうもり》が黑きしづくをたらす

地下酒場に湖底のにほひ戀ひて來ぬ晝花火見しのちの渴きに

すすけたる鶴見て去《い》なむ夕ぐれのにがき憩ひにけむる苑より

狷介にして三人の美しき子女有《も》てり　風のなかの翌檜《あすなろ》

人らひかるるごと踏みて過ぐ盛り場のてのひらほどの冷たき砂地

血紅《けつこう》の魚卵に鹽のきらめける眞夜にして胸に消ゆる裝飾樂句《カデンツァ》

流刑歌章

ひややけき漆黑の夢あふれ出づ若き流刑囚の胸より

空港と變《な》りゆく街に燈《ひ》は淡くあがなひに似し無言の夕食《ゆふげ》

海水が微妙に苦《にが》し廢艦の錆おとす男らのくちびるに

終幕《まくぎれ》は死にをはる戀　樂屋には肌著みだれし椅子ら觸れあひ

イエスに肖たる郵便夫來て鮮紅の鞄の口を暗くひらけり

にせ眞珠胎《やど》しつつある貝類をひきずりあげる暗き水より

いくさなくば飢うるものらに休日の夕迫りつつブリキ色の海

原爆展觀に來てすぐにかへりゆく少女酷寒の黑き手袋

昏きルオー展にて人に見られゐむ瞼うるみし若きキリスト

靈歌

春さむき封鎖地帶の娼家まで蔓のばしつつ枯れゆく常春藤《きづた》
砲火にてあたためし地の收穫を賣り渡しをり黑き麥の穗
風媒花ひそかに暗き果《み》を胎《やど》すしきりに冷ゆる夜の荒地にて
無名戰士墓地を光りてジープ去る蒼惶と春の枯葉捲きつつ
聖夜たれも見ざる月さすぼろぼろの赭き鐵骨の中をとほりて
公園のシーソー赤く塗られたり　還り來しものも忘られて死す
青年が熱き町湯に石鹼の盛りあがりたる羅馬字《ローマじ》耗《へ》らす

かつて棄てられたる軍靴、春雨の運河の底をうごきつつあり

避雷針の反映《かへ》すするどき閃光にたへをり粗《あら》き毛のシャツを著て

收斂歌章

將軍の聞えぬ耳に繰りかへし雅歌ひびききぬ古代都市より

空地には軍靴《ぐんくわ》裏むけ干されゐき　その上を過ぎてかへらぬ蝶ら

月光の泡だてる部屋、紳士らが骨牌《かるた》に興じあへり濡手で

桃花心木《マホガニー》製の二つの寢臺のあひだに生《あ》るる夜の流刑地

星に肖し痘痕《とうこん》のある梨喰むと青年は齒牙するどく研げり

月光のとどかぬ街をゆきかへる硝子賣りらの濡れたる額

母に未來無し　夕暮と雪凍ててしづかにめぐりやむ風見鷄

傷つきし牡蠣薄光るひそやかに武器積みて發《た》つ船の底にて

みみたぶの象牙に似しを愛しをり燒跡の砂踏みて來しかば

冬の果實さいなみ疲れたるゆびをきつき革手袋につつめり

死者なれば君等は若くいつの日も重裝の汗したたる兵士

糶市《せりいち》に賣れのこるセロ軍歌彈くときも癡《おろ》かにすすり哭くため

市民らは休戰喇叭以後晴れてにくめり弱き骨牌《かるた》の王を

墜落機内でいとなまれし愛の巣の小鳥らが入る離乳期に

火薬商たちの兩掌《りやうて》はくつしたのやうにしづかに腐蝕してゆき

湖水あふるるごとき音して隣室の青年が春夜髪あらひゐる

『日本人靈歌』（完本）

嬉遊曲

日本脱出したし　皇帝ペンギンも皇帝ペンギン飼育係りも

われとともにわれの内部にそだち來て伐らるる日近き火焔木あり

死海附近に空地は無きや　白晝のくらき周旋屋に目つむりて

暗渠詰まりしかば春曉を奉仕せり噴泉《ラ・フォンテーヌ》・*La Fontaine*

電流を絶たれ、はじめてみづからの聲なき唄うたふ電氣ギター

煮られゐる鷄の心臟いきいきとむらさきに無名詩人の忌日

われの未來といつまじはらむ排水管くねりて地《つち》に沒りゆきしのち

今日の未知の部分　少女ら抱へゆく半透明の風呂敷の中

ゆでたまご賣りの老婆が公園へ走る　安息日に榮光《はえ》あらむ

われの非運にひそかにつながりて春のサーカスの大禮服の老人

銅色に壁塗り終へて春ゆふべ身のいましめを解く塗裝工

惡運つよき青年　春の休日をなに著ても飛行士にしか見えぬ

オランダの鬱金香園《チユーリツプゑん》夜の壁に紅し　その平和もうたがはし

青年期あたりしきりにまぶしきに朱欒《ざぼん》のあさくくぼみたる臍

水中の黒き烏貝、高熱のわが目とざせばしづかにひらく

昇降器下《お》りゆくなかにきくらげのごとうごかざる人間の耳

かたみに遠き墓地と基地とが眞夜のわが部屋貫きて通じあひゐる

赤裸の鹽田夫迫りてわが煙草より炎天へ火を奪ひ去る

こゑ嗄れて晩夏病みゐるわが部屋にひはひはと繪葉書の吊橋

奔放に一生《ひとよ》畢りし寢臺の下、ひからびし蝙蝠《かうもり》傘のこる

干網黑くはげしく臭ひわがうちにしんしんと網目ちぢめゐる肺

西日の壁塗りつつわれにちかづける左官、心臓形の鏝もち

過去のわれらの或る時に似て寒き夜の孵卵器にぞよぞよと雛生く

音もなく牡蠣啖《くら》ひゐる家族らのたれか罪犯さず生終へむ

獨活《うど》のごとさびしき裸體きしみあふ少年感化院の沐浴

われがもつとも惡《にく》むものわれ、鹽壺の匙があぢさゐ色に腐れる

停電の赤き木馬ら死を載せてとまれり　われはそれに跨がる

月光の市電軋みて吊革に兩手纏《ま》かれしわれの磔刑《はりつけ》

城のごときものそそりたつ青年の內部、怒れる目より覗けば

蒼き黴ふきたる餅をすこしづつ減らして愛し合はざる家族

誕生日われの生れし刻來り濃き酢のなかの昏睡の牡蠣

青年期疾《と》く過ぎゆくと汗ばみて見る灰綠《くわいりよく》のピカソの牧羊神《フォーヌ》

春蟬の死への合唱　少年のやはらかき咽喉わが肩に觸れ

海底電線の始まり　終末のごと寒のきりぎしより垂るる

酷寒の母の命日　アフリカであたらしき瀑布《たき》が發見されて

かつて睡りのなかに見し沼乾きゐてなかば沒せる木の乳母車

春夜、電車のまぶたおもたきわれにむけ青年のスケート靴の蒼き刃

梅雨の靴ふくれあがりて暗がりに臭ふ〳〵戀人よわれにかへ＊＊＊るな

街をつらぬきて水道管埋め來し土工一日の果てに鹽欲る

母國なきは爽やかならむ　炎天に濡れしバナナの皮の黒き斑《ふ》

屋根に干しし黒き毛布はひるがへり〈虚妄《いつはり》の證《あかし》をたつることなかれ〉

磔像を見下す　夏の果てわれにイエスが宥し乞ふ汗の頸

葱の花つつたち　若者ら脱衣すれば鳩尾《みづおち》のきず腿のきず

春ゆふべまなこつむりて濕りたる鹽きしきしと積まれゐる馬

汚れし牛乳風呂にただよひつつおもふシェイクスピアの父も革商

憂鬱なる母のたのしみ屑苺ひと日血の泡のごとく煮つめて

貝殼追放されたるごときわが冬の旅、トランクを針金で締め

冬夜微熱にまどろみおもふ　轉生のならば鼻擦りあふエスキモー

駝鳥の檻の中に荒野がしらじらと顯つ　その果てにわれは赴きたし

冬の河口　乏しき水が泡だちて落つる日本の外へ必死に

日本民謠集

街なかを巖《いは》はこばれてあとあゆむしづかなる初夏《はつなつ》の市民ら

われよりながくきたなく生きむ太陽に禮《ゐや》する父と反芻《にれが》む牝牛

戰死者ばかり革命の死者一人も無し　七月、艾色《もぐさいろ》の墓群

暑き日の時計商にて鳩時計死しをり　死までいくばくの刻

夏の濃霧の底かへりきて蕁麻疹家族の桃色の顔ひかる
われら母國を愛＊＊＊し味爽《あさ》より生きいきと蠅ひしめける蠅捕リボン
夏、慘と照れるひとときとき砂色の生薑《しやうが》賣り來る死者のこゑして
死者が遺せしシーツのごとき夕空が垂れて平和に酷似せる日日
蠶豆《そらまめ》の束きずつきて夜の土間ににほふ　日本に死ぬる他なし
赤き菊の荷夜明けの市《いち》にほどかるる今、死に瀕しゐむハンガリア
八月の死火山の尾根ちかぢかと兵士の肩のごとし　翳れる
革命論の央《なか》に落ちたる褐色の梨がわななきつつ發芽せり

死の自由われにもありて翳のごと初夏《はつなつ》の町ゆく犬殺し

炎天に立ちすくむ今観し映畫の洪水に上半身濡れて

空中鞦韆《くうちゅうぶらんこ》の青年と死への距離ひとしくたもつ昏睡のなか

イカルス遠き空を墜ちつつ向日葵の蒼蒼として瞠《みひら》くまなこ

平和祭に赴《ゆ》きてかたみに激しつつ別れたるのみ　目の中の砂

六日のあやまちのため一日《ひとひ》安息日あり　なまぐさき純白の獨活《うど》

ナポレオンに肖し貌初夏の街角に描かせをり阿呆鶏飼の父

髪けむらせ繩跳ぶ少女　ハンガリア少女と遠く恐怖を頒《わか》ち

蒼き貝轢きつぶしゆく乳母車・many have perished, more will.《あまたほろびたり、さらにほろびむ》

記憶の中の暑き花屋に空の甕ならびゐてその一つ父の貌

結婚せぬ莫迦と結婚する阿呆達　さるすべり白き焔《ひ》ふきて

われもこの國も不安に狎れむとし鷄頭の紅く死せる鷄冠

わが過去にすさまじきものはこびきて豪雨の中にうなだるる馬

描き上げて壁に凭《よ》せたる繪の湖《うみ》の底に釘うつ音せり冬夜

眞冬、貝殼蟲呰なす檸檬の木　革命はわれら死してのち來む

葬儀店の見本の寢棺さむざむと安息に充ちわれと等身

警察あとの一エーカーは底ふかき青貝色の不妊の粘土

運河、今朝油の蒼き膜にうつりハンガリア青年の炎の眼

不眠の夜明けて茫茫たるわれに犬捕りの針金がみづみづし

木犀に冠す蟲干のわが帽子　壮年も叡智にみちてあれ

蒼く冷えつつ沈下し始む日曜の警官ら來て描きゐし空地

終夜煌煌たれば佃煮工場の貝、積惡のごとく煮つまる

朱の漆ぬりかへし家具朦朧と映りあひつつ夜の平和祭

浮世繪展のけむる裸婦觀る中年の彼ら〈休め〉のほそき脚彎《ま》げ

藺を刈りて遺髮のごとく炎天に竝べをり　國歌なき日本

吊されしまま朱き身を削がれゆく鮭と藝術家の生涯と

復活祭人ひしひしとわれを去りくらがりに汗のてのひらひかる

買手きまらぬ庭園の隅　贅肉のごとき白ダリアを放置せり

撃鐵《ひきがね》ひくかたちのゆびも吊革にならび市電のさむき渾沌

祕密もちてこもれるわれの邊に睡り初夏《はつなつ》耳の孔紅き猫

五月、黑き市民にまじり盜聽のため伸びしびらびらの耳達

安息日　檢察廳舍全身を冷えきりし蒸氣パイプに纏《ま》かる

鶏舎の暗がりの擬卵につきあたる牡鶏　今日を〈父の日〉とせむ

かまきりの卵の膠かわきつつ冬、不信もてつながるわれら

降誕祭、この夜ひそけき雑沓のみな低き黄の鼻ばかり　寧《やす》し

祖國　その慘澹として輝けることば、熱湯にしづむわがシャツ

はげしき飢ゑ目にあふれつつ牡蠣採りの若者の胸までの長靴

日本しづかに育ちつつあり木に干してちぎれたる耳のごとき子の沓

死者の死

突風に生卵割れ、かつてかく撃ちぬかれたる兵士の眼

熱の中にわれはただよひ沖遠く素裸で螢烏賊獲る漁夫ら

向日葵のはじめての花蒼く冱えわがうちに生きゐたる死者の死

とほき眞晝の屋根のはだしの青年もわが友、　明日はエリュアールの忌

酢のなかに生きゐる牡蠣と疼《いた》むわが胃と脱出の機を狙ひあふ

夜の紫陽花黑くしたたり孤獨なる二人むすばれて二人の孤獨

ひとの頭《づ》の芯につめたき燈《ひ》ともさむ電柱が建つ沼を渉りて

夜の部屋にわれを見おろすみしらざる風景畫にて光《て》れる墓群

人間《ひと》が人間《ひと》の何信じあふ微笑《ほほゑみ》か　綱ほつれ遊動圓木ゆがむ

老いは目くらむばかりのかなしみとおもふ暗がりに青梅嚙む父よ

さむき晩夏、ゆるしあふことなきわれら家族の脂泛かぶ浴槽

水禽の肚より蒼き砂嚢ゑぐり出し　革命にわれは何せむ

牛肉を吊せる倉庫　冬の夜をうつうつとして點燈《とも》れる母胎

目に見えぬ無數の脚が空中にもつれつつ旅客機が離陸せり

人無き埠頭にて極地への脱出の荷の中の周りやまざるミシン

復活祭　雨衣《うい》の少女の背に垂れて施物《ほどこし》を待つごとき頭巾《フード》よ

裂かれし獨活《うど》のごとくわれ立つ　寫眞展、キャパの〈倒れる兵士〉の眞下

きずつきし蜥蜴が鈍きひかりもてわがうちとほき外部をつなぐ

早春の納屋に乾きし藁束が充ちゐて風邪家族の熟睡

はつなつのゆふべひたひを光らせて保険屋が遠き死を賣りにくる

危機は未知の友のごとくにわれを待ちゐむ蒼き血の色の鋼板

進水式すみし船渠《ドック》にくれなゐの潮さかのぼる何の創まり

平和祭に行かざりし夕つ方あつき息吐けば熱き硝子戸くもる

外より覗くわが夜の室に發光し安逸の口裂けし無花果

黑人混血家族にくまれつつ生くる地區、あふれあふ六月の溝

林檎の芯泡をまとひて逆流す母の誕生日の下水より

夭折と言はれむ季も去り夜の雪降りはじむ汚れし屋根に

もろき平和いたはり來つつ冬ふかき夜の花縢《はなをこぜ》つつける家族

われは重き明日に耐へつつ　底びかり男像柱《アトランテス》のゆするる腹部

みたされざる自由死後にも　暑き日の河底に赤き手袋うごく

土色に蝶孵りゐる夜の破風　いつしかも母に仕へて父は

苜蓿《つめくさ》のくらきみどりをきずつけて放埒に消火ホースを干せり

冬の蓮沼よりひきあげて秤《はか》らるるイエスのむらさきの死の腕《かひな》

冷水に面しづめて瞠《みひら》けり　耿耿として今日實朝忌

母がつくる眞冬の麴茫茫と花さき娶りそこなふ長子

熱き湯に佇《た》ちておもへばランボーの死のきはに斷ち切られたる脚

空費せし〈今日〉の結末、わが皿に累累と黃の眼球の枇杷

少女死するまで炎天の繩跳びのみづからの圓驅けぬけられぬ

壯年過失のごとく始まり錆色に卵黃ゆがみゐる茹卵

乾ける沼遠くにほひて天幕にシャツごはごはと靑年睡る

われらが日々の糧にまじりて死の泡のかたまりし晒鯨がにほふ

顔洗ひし眞冬の水に脂ただよへり　わが死ののちもある今日

警官の蹴球金網越しに見てほほゑめる蒼白の犬の牙

あふむけに夜のプールを游ぎゐる父、わがうちに苦きもの滿ち

種馬がとほきところをみつめつつはりはりと冬の人蔘嚙める

ともぐひのごとく相寄る藝術家一家に煮つまれる苺ジャム

黑人歌手朱色の咽喉の奥見えてアヴェ・マリア　溢れ出す　Ave Maria

徒勞つづけつつすでに雨季、野良犬の死骸記憶のごとくに光る

おそらくは危機にむかはむ　あかときの汽車點燈《とも》り青年の赤き舌

遁走曲《フーガ》われのうちにひびかふ　初夏《はつなつ》の涸れしプールの底あゆみ來て

日本人靈歌

昭和三十二年八月　螻蛄《けら》のごと奔れり午睡の町をジープが

＊＊＊

われの危機、日本の危機とくひちがへども甘し內耳《ないじ》のごとき貝肉

鼠色の雨衣晴天の日も似合ひ晩餐にも革命にも遲刻する

石鹼積みて香る馬車馬坂のぼりゆけり　ふとなみだぐまし日本

＊＊＊

防衛廳まへも通りて唐がらし賣りに來る眞紅《まくれなゐ》の眞實

寺院建築中ひたひたと荒筵垂りて釘打たるるもの見えず

復活祭まづわれら生きかへりたき薄明にこの香る菊苗

久しき危機まひるめし屋に人充ちて覗入る墓石のごときテレヴィに

義齒《いれば》光らせ老婆ら眞夏夕ぐれの鹵簿待つ　ほかに待つものなくて

硝子建築芯まで夕映えて今も惻惻とマヤコフスキーの死

ポリエチレン袋の蜆さげて佇《た》つ一市民、再《ま》た英雄待てる

＊＊＊

神官、警官ともに町湯の螢光にシャツ脱ぐと兩手ささげし俘囚

狹き日本にてなかんづく好色の小作の苗代の水澄める

搾乳夫の黑き春服、サムソンのごとき手ぷりぷりとはみ出して

托鉢僧の若き一隊過ぎ初夏の町をきびしきものもてけがす

六月の埠頭　風太郎とならび唾せりかれの琥珀色の唾

貝賣りの手に貝類の無色の血　革命といへど人の死の上

八月某日辛うじて眼の孔あきし樽かぶりサンドイッチ・マン立つ

晩夏大禮服吊る店をうすわらひして通り過ぐ先見の不明

電工が玉蟲押へたる兩掌《りやうて》それにかさねてわれの掌《て》熱し

花咲く竝木路をタールでうづめゆく生きて嘉《よ》し道路工夫の腕毛

鞣革《なめしがは》工場に生の皮積まれ傲然たり　死より出發するもの

死にし狐のにほひす日本銀行員霧の通用門すべり出て

母國信ぜずこのスケートの青年ら春氷縱横無盡に傷《いた》め

生きいきとにくみあひつつ夏近くなりぬ伽羅蕗《きやらぶき》食ふ家族たち

⁂

菠薐草《はうれんさう》鍋に死につつこの午餐後もうたがはむ無血革命

平和掠奪するごとく夜のトラックがはこび去る花ざかりの椿

五月祭《メーデー》の監視終りし警官ら蒼くかたまりつつ果鋪のぞく

どこかちがひどこかが同じ愛を欲りやまぬ若者の舌、犬の舌

青年が手に穿きて視るスパイクの釘光り痺《しび》るるばかり初夏《はつなつ》

われの生れし邑《むら》うつしきて透かすネガ・フィルムの央《なか》の黒き卵屋

勤労のさむきよろこび安息日とてつややかに死せる煙突

八月の森、いたましき婚禮のごとし二本の杉立ち枯れて

平和祭その後曇りて警察の裏、夜もしたたれるものを干す

文化の日の陽は白く照りマラソンの蹌踉ととほざかる青年

雪の上を驟雨過ぎしが數千の地下より天にむけし銃口

處刑さるるごとき姿に髪あらふ少女、明らかにつづく戰後は

平和と平和祭の距離、干しならべたるゴム手袋がびらびらと生く

毛深き犬がかたはらに臥《ね》てこころ今ゆたけし〈Les jours s'en vont, je demeure.《日々は過ぎわれはとどまる》〉

⁂

革命記念日もたぬわれらが七月の菊科植物もて埋むる墓地

眞夜赤き燈《ひ》にてらされて內部塗りかへる寢棺のごとき市電の

擂鉢形競輪場の底に日はさして蜜柑の業《ごふ》のごとき皮

豐饒の麥秋、水呑百姓が咳ぐすり嚥むなみだぬぐひて

夏の巷、黑きいなごのごとき手の樂《がく》嫋嫋とつよし癈兵

事、平和に關りてより默《もだ》ふかく枇杷くへりわれら膝を濡らして

革命はものうきかなわが安眠のベッド馬腹のごとたるむとも

＊＊＊

平穩無事に五月過ぎつつ警官のフォークを遁げまはる貝柱

梅雨の禮拜堂に禱れる首あまた見えつつ汚れたる手は見えず

出口なき酷暑の墓域、　水浴びし墓石定型詩のごとく覺《さ》む

世界の終焉《をはり》までにしづけき幾千の夜はあらむ黒き胡麻炒《い》れる母

＊＊＊

ANNUNCIATION

われまことに少女らに告ぐ朱夏いたり水苔のみづみづしき不妊

駱駝《らくだ》のシャツ火の匂ひす　あはれ出口無き襯衣《シャツ》著て弑されし Agamemnon

まひるまづしき家族ら覗く家具賣場ふかく冬谿《ふゆたに》の苔なす寢椅子

われよりややつよき運命賜はりし鶵なり灼くる砂の上の屍《し》

春の城址に警官らゆでたまご食ふ　石の上に石・人の下に人

頭巨き父が眠りてわがうちに丁丁と豆の木を伐るジャック

皮膚藍《チアノーゼ》色《いろ》の菖蒲を剪りてわが誕生日なり　生《あ》るるは易し

孤りの刻一日の果てにありて視るボッシュの繪、人間を弾ける竪琴

夜の山上にあり垂訓ののちのごと渇く　男らは天幕に充ち

刃のごとき智慧欲るわれの前に立ち好漢の膝ふくれしズボン

遠き一つの火災鎮めて今われにきたる猖猖緋の消防車

われに見えぬもの見つつある夏天《なつぞら》の凧《いかのぼり》、ふたすぢのはかなき尾

牛のうす紫の口蓋、青年も父となりおびただしき遁辭もつ

平和祭とおもふすなはち黄昏のパン屋にひきずりこまるる麪麭種《イースト》

眞夏なすことなく逍遙す不毛なる田園の多毛なる農夫たち

北齋展無人の刻を花色の市電數珠つなぎに停りをる

やすらひここにも無し　青年に鮮黄の海岸日傘鮮黄のかげ

泡吹く輓馬見てかへり來し夕やみに子のかぞへ唄〳〵ふかき父の恩

「火の鳥」終る頃に入り來て北狄のごとし雪まみれの青年は

のぞみて日本に生れしならず肉色に聖十二月のこほる人參

極貧のなかに憤然とそだちたる若者のポンペイ赤の沓下

結婚衣裳刻刻錫色に映えて彼女ら永久《とは》に愛しあふ罰

寒夜花屋にかがみて若き父ら選るみなはやく實の生《な》る桃の苗

二月、山上にて若者ら猥談す氷煮て熱湯となる間を

桃太郎の眞紅の繪本ころがれる夜の疊、そこに時間《とき》の斷崖《きりぎし》

曖昧に生きつつ四月、われにむき風邪の馬鼻ひからせて佇《た》つ

嗽《くちそそ》ぐこのあかときの鹽壺の內部酷薄なる谿谷《たに》なせる

ロミオ洋品店春服の青年像下半身無し＊＊＊さらば青春

あらあらしく死へとほざかる青年ら夏山に腸のごとき綱垂り

ハンガリアのそののち知らず　怫然と若き蠶豆《そらまめ》煮をりコックは

孤獨にて初夏の遊園地の類人猿《チンパンジー》の最敬禮をうけゐる

タワー・クレーンより赭き煤ふりしきる　明日は齒の神經を抜かれむ

剝製の鷲の內部におびただしき綿塡めてその暗がり充たす

西日の檐《のき》に吊されしまま洋傘《かうもり》が襤褸《らんる》とならむ青年の死後

早春の蠟色の獨活《うど》　なきがらのうつくしき死の一つに凍死

綠金《りよくこん》の五月　わが家の底に坐し父の化石、母の化石

きずつきて彼らがなさむ革命を待つ　夜を斷《き》りて赤き陸橋

母の日はたちまち昏れて水中の鼠がねずみとりごとうごく

日本愛しつつ孤立せるわが朋《とも》よ雷《らい》すぎて眼のごとく濡るる石

熱湯にあひるの卵死ののちもうごきつつ遠き男聲合唱《オルフエオン》〈花〉

旱りの夜のベッド棉花のにほひして子が母に半人半馬神《ケンタウロス》描かす

初夏《はつなつ》の肺腑いたはりつつあるをまぼろしの母紫蘇の血しぼる

胎兒いだくかたちにかがみ八月のあはれ停れる少年鼓隊

かつて純潔たりし母、妻、乳母ここにつどひ憤然と鹽くらふ馬

拳闘の顎兜蟲色に光《て》り愛《かな》し　すなはち死ぬまで毆《う》たれよ

籃の柘榴紅きしづくし刻刻を老ゆるわれ、すさみゆくユーラシア

千びきの無傷の烏賊を風に干す町過ぎつ　頭腦勞働者・他

老人ホームに「鱒」は鳴りつつ老人ら刺すごとき目に竝ぶ晩餐

母に榮光あれ　うちくらき旱天の樽に紫紺の茄子の埋葬

口ゆがむまでにがき愛みごもりしモナ・リザ、釵《やす》のごとき手組める

出日本記

平和祭　去年《こぞ》もこの刻牛乳の腐敗舌もてたしかめしこと

女人柱《カリアテイド》もつ神殿をおもひつつ慄然と高熱のわが脚

養老院へ父母を遣らむとたくらむに玩具のバスの中の空席

「人間の家族」展出てぬかるみの底につき刺されるヘア・ピン

脱出ねがふわれをおほひて洋傘《かうもり》のうちがはのいたましき骨組

首都の動物園に遺族ら晝食《ひるげ》するあるひは駝鳥のまへにうつむき

惡しき自由に我らくたびれたり　ナイフ刺す環礁のごとき露西亞菓子

奇蹟なき日日　盥には石鹼の泡吹かれ鳶色の水見ゆ

死してもわれの知己とおもふに炎天の墓石に帽子かける釘無し

ヘロデの兵のごとし　眞夏の劇場に首灼けし青年團の一列

執拗なるわが家の殘暑、無慾なる祖母が有つ軍人合はせの繪札

眠りて喪ふ今日の終刻　脱ぎかけし白きジャケツのなかに眼ひらく

弱者すなはちわれより少し撫肩に描かれピカソの旅藝人等《サルタンバンク》

林檎の芯に鐵色の種子　さはやかに青年キリストの戀なき生

さむき睡りの中むらさきのほろほろ鳥《てう》小走りにさきの世の家族達

地下に降りゆくと裾擦るわが蒼き外套　誰よりもおそく死なむ

二月、雨ふる生地への旅　ピグミーのごとき赤帽に先行さるる

浴場の脱衣ふれあひつつ一人一人がぬけいでし白き墓

喪章なす四月の若布《わかめ》　はじめよりわれわれは日本島の流刑者

農夫の未來、水鮮烈にしたたれる苗束首級《くび》のごとくに提げて

一人《いちにん》の人間の罪科《つみ》しづかなる重さもち紫陽花が剪られつ

戰後うやむやに終りて水無月の道黑く市電の內部につづく

汗してパン、媚びて和を得つ　肅然と枝卸されし夏の翌檜《あすなろ》

殺意ひめて生きつつ今日は從順に胸部寫眞を撮らるる梟首《けうしゆ》

いかなる愛を餌食となして雪の日のバタ屋のうすきシャツ刺す胸毛

母の手に腸《わた》抜かれたる舌鮃《したびらめ》、その目方病めるいちまいの舌

不運つづく隣家がこよひ窓あけて眞緋《まひ》なまなまと耀《て》る雛の段

菖蒲湯に煮えし菖蒲の束抱きて少年、父となるまでの生

五月五日袋小路に醉漢がひざまづき〈空の神兵〉うたふ

父も、その父も近眼鏡かけゐし記憶くらぐらとして月桂樹

顰《しか》めるテリヤ抱きて眞夏の家族過ぐ　今は革命がかれらをうとむ

危機かさなりあへる彼方にわが家族乳酸すする杳《とほ》き目をして

八月の卵をえらびつつわが手ともすれば流血のつぶえらぶ

いつまでも夏風邪癒えず風呂場より俗物の兄のロシア民謡

死後の心もまづし　水打たれし夏の街すべる靈柩車の黑と金

父はひそかに聖母の白き足愛しそのつぐなひのわが巨き足

熟柿色の夕空の下いま千の家庭がよごれたる米あらふ

石榴血のにじむ齒に充ちはじめより〈父〉は男の一つの末路

耳鳴りのはげしき夕べ蟻の穴熱き蠟もてふさぐたのしみ

夏大根に家中《いへぢゆう》の口しびれつつ今日終る　國歌うたはず久し

父の眼底出血、無花果の結實、終末の相ふたつとも慶《よ》し

空壜の山光りゐる夜の空地へだてて遺族團充つる宿

足あとに凍つる夜の水　われの死はシーツにいくばくの影のこす

食鹽を瓶の金魚にふりまくといたましきものよみがへらしむ

母とわれがもつとも好む大寒のなまこ粟粒疹におほはる

脱出のあるひは伴侶　鼻赤き製氷工がわれに従《つ》きくる

菖蒲田に菖蒲のつぼみぎつしりと濡れつつ青年は不意に死す

革命とほくなりつつ今宵わが家には蕗青く煮え父の哄笑

日本になほたのしみて葡萄吸ふ老婆ら、赤き舌ひらめかせ

檻に頬すりつけて火喰鳥見つつつひに空白の出日本記《しゆつにつぽんき》

餌食

蒸タオルに顔おほはるるつかの間も墮ちゆけり　黄昏の日本

冷凍鱒緋色にゆるびつつ正午　復活の後《のち》にもまた死ある

大工がになひくる硝子板肉のごと軋みつ　男こそ愛の餌食

勞働祭《メーデー》負債のごとし夕ぐれ明《あか》き地を青年がころげまはるフープで

五月乾ける癲狂院にカナリアの孵るは死するよりいたいたし

オビ製薬工場しづかに日日を何殺すくちなし色の廢液

紅き干菓子食ひつつ憊れふかし　その美貌さへわが愛すアヌーイ

遺影コーカサスより還り麥秋のすでに腐敗を始めたり死は

七月の泡だつ蓮田　ラスコーリニコフ戰爭《いくさ》にゆかば何せし

壯時《さかり》過ぎむとして遇ふ眞夏、手のとどく其處に血溜りのごとき日溜り

安息日すべり臺より家族らが欣然と累なり墜つる慘劇

殘雪のごとき鹽買ふ八月の巷　歷《れき》として今日日本の忌

戀ほし、われを苛みしもの、ハーモニカ二十穴白き唾の膜張り

未知は救ひ　夏ふかくなり水槽に豆腐傷つきあひつつ沈む

ほほゑみさそふばかり安けくわがうちの古典の死、箱に光る鮎の屍《し》

今われのもつともあたらしき部分、肘裂創《れつさう》の口鮭色に

寒夜鳥屋の赤きてのひら、割《さ》く鴨の胸さぐりつつ人剖《さ》くよろこび

聖四月いま濡るる公園、死にむきて鶴佇《た》ち自衛隊員あゆむ

五月も制服黒き警官、車掌、火夫そのあやふやの擧手翳《かざ》しあひ

深夜市電の鳶色の腹するすると開《あ》きたり　そこに時間の餌食

娶ればすなはち獨りの刻も絕間なく紫蘇の芽のおそろしきむらさき

杉の生木の手のごとき枝拂ひつつ卒然としてたのし勞働

非凡なる明日來るならず　外より見え街湯の赤き海豚《ドルフイン》のむれ

陥穽のごとき平安われにあり蠅らに鯖の目なき頭《づ》がある

撃たれしアラブ青年の掌《て》が黒き葉のごと開く今日は確かに他人《ひと》の身

一人死なば一つ空席われら得む　ひしめきて菊の切株癒ゆる

高架クレーン等しき二つすれちがひ罵りあふ人間の鳥籠

血紅の乾ける電話辻辻にひそめり　死者喚《よ》び出さむ一つは？

紅葉《こうえふ》のこころ暗きに縛されて晒井《さらしゐ》に降りゆく若者は

孤獨きはまりて寒夜をしきり鳴くカナリアとわが汗噴くからだ

牛乳《ミルク》待てる昧爽の町、かかる町世界にかずしれず明日知らず

カラー・テレヴィの寒の蹴球、肝臓のごときボールをまた見喪ふ

地下工事の赤き湧水溜まりつつ二月、日本の死にいたる傷

五月祭《メーデー》昨日の今日をめし屋に酢蓮食ふ顔赭き群、痕跡無し

初夏愕然として心にはわが祖國すでに無し。このおびただしき蛾

風の餌食なり　空港に今日の百合賣りつくし蒼き口あく老婆

幼蟲のごとき人の子抱かむとす　棕櫚の花ほぐれつつある殺意

密會のまへの午餐に口とぢし二ひきの鱒の死後硬直《リゴル・モルチス》

硝子越しの萬緑の幹、馬、左官われの愛せしものみなゆがむ

いつも何か毀《こぼ》つ日本の霖雨《ながあめ》に鉛管のつみかさなりし目

馬手貝の殻踏み出づる旱天の家族らのうしろむきの革命

平和祭　黒き蘭鑄《らんちう》ひれをふる罰やすみわれに汗のまどろみ

革命、それも遲し疊をかきむしりみどり兒があやつれる歩行器

血族一人殖え一人死し蟲干の乳白の巨いなる女靴

父に毆られたる記憶無し　十月の絲杉の黑緑《こくりよく》の鬚かほる

足さむく覗きたる地下理髮店《ちかバーバー》の椅子に呪縛のサムソンの列

聖夜劇天使の子らの髪赭し髪黑し　やがて神うとみだす
錢湯のシャワーの稅吏、この邦の脊骨ありありとうごく蛇の骨
棒高跳の青年天《そら》につき刺さる一瞬のみづみづしき罰を
夕食《ゆふげ》の麩《ふ》はしづくせり　日本の何を胎兒の未來にたのむ

死せるバルバラ

冬苺積みたる貨車は遠ざかり〈Oh! Barbara quelle connerie la guerre〉
貪婪なるわれらが周《めぐ》る立春の百貨店、母乳賣れる階無し
嬰兒さかさに提げて愛する父若し脈脈とミノタウロスの首

冬の堅果《けんくわ》のごとき老年われは欲りここに黑き繪のフレンチ・カンカン
天使キャラメル廣告塔に晝死せる天使がむらさきのうす笑ひ
パウル・クレー教授は遠き六月に死せり　玉蟲の肘はる木乃伊《みいら》
墓地もわれより優位にありてなかんづく若者の水彈ける墓石
ずぶ濡れのラガー奔るを見おろせり未來にむけるものみな走る
悲劇の創めなり鐵棒の青年が黄なる地へ髮すれすれに垂り
「エディプス！」と吾《あ》に呟きて目つむりし父が雄蘂のごとき睫毛は
夜の砂に群るる天娥《すずめが》、かかる刻死せるバルバラのいかなる睡り

あつき牛乳喇叭飲みせり映畫にはおやすみの接吻《キス》にかがみ寄る父
杞憂癖子らにつたへて麥秋の父のカンカン帽たまごいろ
海の上に蕗色の雨　青年は日日賭くる、われの老いゆくかぎり
わがうちに過去は唾液のごと充つるひと日寢臺を覆《くつがへ》し干す
母樣鵞鳥《マザー・グース》童謠集を復習《さら》ふ姉、みにくきものは童謠このむ
死ののちも明日は鮮《あたら》し　ごぼごぼと熱帶水族館《アカリウム》の水替はる
啜ればさらにココアの中の黑暗の飢ゑひたひたと滿ちくるカップ
アッシェンバッハわがうちに生き寒雷ののちの欄干《てすり》のかがやくテラス

競輪の赭き若者ねむる間も刑罰のごと四肢折り彎《ま》げて
すさまじき夏の涸河《かれかは》河口までたどり來つ　まぼろしのバルバラ
高熱に伏すわが額《ぬか》に觸れゆける家族の手それぞれにつめたし
雨衣の下のわが身蒸れつつ淡淡と臭ふ　明らかに神をこばむ
死なば先づ會ひたきランボー、白晝を家鴨が突如翔《た》ついたましく
母見しごとく目をつむるなり夕風に多產の桃の枝撓みあふ
春月赤き宵宵にして孤獨なる下婢《はしため》が鹽をみだりに費《つか》ふ
泡だつごとき消費ののちに中年はいたりてにがき香の紺絣

詩人、詩の涸れたるひと日みづからにゆるされてすさまじき睡眠

不毛の刻内部につづきゐてわれと檻の駱駝と目をそらしあふ

いづくにか渇くバルバラ　葉櫻の果てにはやひらめけり氷旗《ひようき》も

揚雲雀くらき天心指しわれのむね芥子泥濕布《からしでいしつぷ》が熱し

地上に光洩れ地下酒場《ちかバー》のとまり木の雌雄扼殺の刻待てるなり

盲《めし》ひたる猫それぞれのうちに養《か》ひ微温浴室《テピダリウム》のごとし我家は

聖母哀傷《スタバト・マテール》の底にふと默《もだ》せりわれの首枷《くびかせ》のふち鋭き襟布《カラー》

子の目藥買ふ藥種店奥透けて硫酸の甕、鹽酸の甕

チェロの絃《げん》もて括る五月のからたちの葎《むぐら》、不安なる結實のまへ
不思議なる平和がつづきゐて檻の石胎の鶴、多產の駝鳥
復活してわれなになさむ健啖のうからと黑き鰶《このしろ》かこみ
春雷のひととき少女らが軒に耐へゐるうつし身のエンタシス
口笛もてたれ呼びかへす綠蔭の靑年よ　みな生けるバルバラ
袋小路の肉屋に妻は肝臟と舌を約せり　さむきジッド忌
若さはとどめがたきに步廊橫行す雪山に灼けし鮭色のむれ
心やすらふ公園午《ひる》の光さし幼くて病める木木の群がり

赤くして黒き鶏頭　われの死ののちもわが耳つめたくひらく

みつめつつわがこころ羞《やさ》しも晩年のルオーの繪の深傷《ふかで》なすくれなゐ

凍てし水栓《コック》に煮湯そそげる青年の目の奥の——或《あ》るはシンシン刑務所

吾もすみやかに癒ゆ　幻の汽罐車を停めて火明《ほあか》りに鹽嘗《な》むる火夫

鉋削ぎつつ黄の夕光《ゆふかげ》に目つむれり　胃は人間のうちなる沼

葡萄は葡萄状鬼胎《ブラーゼン・モーレ》なしつつ皿を占むこの夕食《ゆふげ》わが假死の夜のため

孵卵器のごとき市電が雨中過ぎ　死せるバルバラ・生けるバルバラ

註

嬉遊曲

＊La Fontaine　＊Jean de La Fontaine（1621〜1695）フランス古典主義最高の詩人。

〽戀人よわれに…　＊アメリカのミュージカル・ロマンス、「ニュー・ムーン」の主題歌“Lover, come back to me”の轉用。

＊「虛妄の證を…」　＊馬太傳第十九章第十八節。

＊シェイクスピアの…　＊イングランドの中部ストラットフォード・オン・エイヴォンの皮革商人を父として生れた。

＊貝殼追放　＊Ostracism, 古代アテネ人は牡蠣殼に好ましからぬ人物の名を記して投票し、十年または五年國外に追放した。

日本民謠集

＊イカルス　＊ギリシア神話、ダイダロスの息。父のいましめに背き飛翔中太陽に近づいたため、人工の蠟製翼が融け墜落死した。

＊あまたほろびたり…　＊W・H・オーデンの詩、「不安の時代」(The age of anxiety)にくりかへされる主題の詩句。

死者の死

＊キャパの…　＊ロバート・キャパ（1913〜1954）ヴェトナム戰線で死んだ寫眞作家の代表作の一つ。

＊男像柱　＊Atlantes, ギリシア建築で柱の代りに梁を支へる男性裸像。
＊ランボーの…　＊一八九一年冬、ハラルで膝の癌腫にかかり、五月マルセーユで脚部切斷手術、十一月に死亡。
日本人靈歌
＊マヤコフスキーの死　＊この社會主義リアリズムの典型をなすソヴィエト最高の詩人は、一九三〇年四月十四日、三十六歳で原因不明の自殺を遂げた。
＊Les jour s'en vont,…　＊アポリネールの詩集、「アルコール」の中の絶唱、「ミラボー橋」のルフラン。
ANNUNCIATION
＊Agamemnon　＊ギリシア神話、トロイ戰爭から凱旋した英雄アガメムノンは妃クリュタイムネストラと姦夫アイギストスに謀殺された。
＊ボッシュの繪　＊Bosch（１４５０頃〜１５１６）オランダ生れの凄じい幻想畫家。その代表作「快樂の園」の部分。
＊男聲合唱　＊ジロドゥの戯曲「ソドムとゴモラ」第一幕に次のやうな、大天使と園丁の對話がある。天「どうだ、あの歌聲は？」園「北からは男の合唱……南からは女の合唱」天「二重唱は全然ないな？」園「なにになります？　二重唱なんか！」
出日本記
＊女人柱　＊Caryatid, ギリシア建築で圓柱の代りに用ゐられた女人著衣像。
＊ヘロデの兵　＊ここでは特にワイルドの戯曲「サロメ」中のユダヤの王ヘロデの衞兵、例へばマナセ、イ

サカル、オジアス等をさす。
＊ピグミー　＊中央アフリカの矮少黑人種。
死せるバルバラ
＊Oh! Barbara…　＊プレヴェールの詩、「バルバラ」のクライマックスをなす詩句。「ああバルバラ、戰爭とは何といふ馬鹿げたことだらう」の意。
＊フレンチ・カンカン　＊ここではロートレックが一八九一年頃描いたムーラン・ルージュのポスターをさす。
＊パウル・クレー教授　＊一九二一年招かれてヴァイマールのバウハウスの教授となり、後デッサウのバウハウス、デュッセルドルフの美術學校の教授を歴任、一九四〇年六月、ロカルノ近郊で死去
＊エディプス　＊ギリシア神話、デルフォイの神託により父と知らず父を殺し、母と知らず母と婚した。
＊マザーグース童謠集　＊十七世紀から十八世紀の民間傳承童謠集。ペローの童話集のサブ・タイトル、「わたしの母様鵞鳥の物語」に因んでつけられた。
＊アッシェンバッハ　＊トーマス・マンの小説「ヴェニスに死す」の主人公、五十歳の小說家。稀有の美少年タッジオをひそかに愛しつつ悲劇的な死を遂げる。
＊微溫浴室　＊Tepidarium, 古代ローマの浴場（テルマエ）の中の一施設。脫衣室（アポディテリウム）につづき、冷浴室（フリギダリウム）と溫浴室（カルダリウム）の間にある。
＊スタバト・マーテル　＊十字架上のキリストを仰ぎ悲歎する聖母を主題とする宗教詩。十三世紀のヤポコーネの作を嚆矢とし、數數の有名な作曲がある。

跋

今日の定型詩人のもつ使命と愉悦は、魂の、すなはち言葉の美と秩序を喪失した、現代人間社會のいたましい精神像のなかで、しかもなほ、定型詩が原初的にもつ美と秩序を信じ、これを極限までととのへ且つ高めようとする絶えざる緊張と努力にあるだらう。

この作品集で、僕は短歌といふもつとも古典的な定型詩の內藏する、重要な機能の一つである暗示力をつよく喚起して、一種の默示錄《アポカリプス》的世界を形成し、その時間と空間をこえたリアリティをもつて今日の現實の世界に參加しようと試みた。

全作品の主たるモティーフは、不條理にみちた外部と、日本人である僕たち一人一人のきずついた魂の拮抗と融和であり、方法的には譬喩の徹底した活用によつて、短歌に於けるイマジズムの可能性をためした。

短歌こそ日本人の、今日の、永遠のスピリチュアルである、その輝かしい不幸の確認と證明へのこれはささやかな、しかも切實なトライアルである。
一九五六年夏から五八年夏への二年間の作品、四百首を編輯した。

塚本邦雄

一九五八年九月

『水銀傳說　La légende mercurielle』抄

水晶體

花式圖

燻製卵はるけき火事の香にみちて母がわれ生みたること恕《ゆる》す
たましひは死にむかひつつカント・フラメンコと赤き海膽《うに》を愛せり
處女《をとめ》らとわれら野にあそびてさむき晴天に烏賊焙れる呪《のろ》ひ
乳房その他に溺れてわれら存《あ》る夜をすなはち立ちてねむれり馬は
ダリを父として大雪の魚市の箱に睡魔のごとき海鼠《なまこ》ら
失職近し　ポスター紺の地に黄金《きん》の麒麟立ちアフリカへの旅の誘《いざな》ひ

母死しすべて喪失せしにあらざれどゆかし箒にのりたる妖婆

鮎のごとき少女婚して樅の苗植う　樅の材《き》は柩に宜《よ》し

王も王妃も生まざりしかばたそがれの浴場に白き老婆は游ぐ

青年娶らむとして槍投げの槍の穗を頰に當つ　去年《こぞ》の雪いまいづこ

詩は酸味帶び晩年に入りゆくとかなし榮ゆる夜の齒科醫にて

暴動羨《とも》しけれ　わがむねに昏昏と僧帽瓣の紅き僧帽

＊

眼科醫、眼科醫と邂ひしかば空港のあかつきあかねさす水晶體

聖ヴァレンタイン祭今日芽ぶかざる銀杏《いちやう》の天の梢しろがね
光る針魚頭《さよりづ》より食ふ、父めとらざりせばさはやかにわれ莫《な》し
青年かつて母より生れゴムの木の尖端《さき》のとりかへしのつかぬ朱
四月馬鹿　莫迦を愛してルドンの繪〈花〉に禁色の花花群るる
汝《な》が耳に耳あてて聽く春雷のやさしき迷路鼓室前庭
わが愛いなみ睡れるものよかつて見し紫陽花のおぼろなる花式圖
五月祭夜の道濡れて斑猫は死をよそほひわれは生をよそほふ

囀鳥圖

喘息家族われらが愛すクレーの畫一つ、さかさまに鳥囀《な》くけしき

母國亡ぶる季節、晩夏の水族館《アカリウム》昏れて心靈のごとし水母《くらげ》は

父はむかしたれの少年、浴室に伏して海驢《あしか》のごと耳洗ふ

＊

水球《ウオーター・ポロ》の青年栗色に潛《くぐ》れり　娶らざりし da Vinci

失樂園丁

凶兆

青年期たちまち昏れて蛇屋にはむせびつつ花梗《くわかう》なす夏の蛇

わが埋葬ののちにかがやき　髮なせる太陽神經叢のはつなつ
みどり兒にみどりの睡り父たらば六月の蕁麻《いらくさ》の鬚もて
惡名すでに死後のごと立ちはつなつの鼻風邪にうす光る人中《じんちゆう》
さらばみじかき夏の光よ理髮師にわが禁慾の髮刈らすべく
聖母晩夏を恩寵《めぐ》ませたまへおそらくは船渠《ドック》に滿身創痍の母艦
人參嚙みて子にふくまするうら若き母よそのわざはひ充つる口
父とわれ稀になごみて頒《わか》ち讀む新聞のすみの海底地震

二重母音

われら遲遲と神より離《さか》る七月のある日馬陸《やすで》の足かがやくも

父たるは死の神たるにひとしきか　ひとし火の色の套靴《オーヴァア・シューズ》

晩夏なり　戀すてしわが若者が洋傘《かうもり》で雨なぐりつつ來る

いくさ無くてむしろ險しき旱天の地下街に棲みつきしシェパード

わがうちに夏山の壁きらめきて若きらがうしろむきの磔刑《はりつけ》

非安息日

カナリア諸島地圖の旱りの海に泛《う》きわれかつて嬰兒《みどりご》をいだかず

ちちははの熟睡の髮ふれあへり　とほき旱りの森のごとしも

くちなしの實煮る妹よ鏖殺《あうさつ》ののちに來む世のはつなつのため

＊

詩と死ひとしきわが領域に夏さりて木曜の森火曜の竈《かまど》

水銀傳說

Rimbaud に寄す

娶らざりしイエスを切に嘉《よみ》しつつかなた葎に夭《わか》き蝮ら

ランボーへの文「すぐれたる魂よきたれ！」わが血の烏賊墨色《セピアいろ》もて

輝くランボーきたり、はじめて晩餐の若鷄のみだりがはしき肋骨《あばら》

父となりても戀すランプの火屋《ほや》に口あつれば慟哭のひびきして
いかなる弱き海賊の末裔《すゑ》冬もわが青年の腋海苔の匂ひし
銅婚式　百のコップに車輪なす同心圓の溺るる檸檬
早春の夜夜に逢ひつつ舌荒れし二人が糧《かて》のラクリマ・クリスチ
記憶の中の死者、生者より冱えざえと笑ふ　腸《はらわた》のごときマカロニ
六月、マルセーユの荷揚人足のランボーが眞紅の荷のごとし
晝も顯《た》つアフリカの地圖、金礦の印するどき鶴嘴ゑがき
われら朝食《あさげ》の卵眞白くかすかなるたましひら　銅《あかがね》の鍋に煮ゆ

死して二人の戀始まると晴天の庭の叺《かます》の灰いろの鹽

*

Verlaine に寄す

マチルド夫人麪麭焼きしかばかまどには麪麭死してここに熱風《アモック》いたる

皮膚と皮膚もてたましひの底愛せむに花咲きあぶらぎりたる樒《しきみ》

眠りは死の妹、こよひあたらしき傷生れふるき創苔色に

わがうちにわが生の崖逐ひつめしかば舌色のむらがるカンナ

一月十日　藍色に晴れヴェルレーヌの埋葬費用九百フラン

香料群島

禽曜

アルプスの禽啖《とりく》ふ昨夜《よべ》のゆめさめて性器みのりしわかもの歩む
うすぐらき孔子のことばかざりたる父よりのたまごいろの繪葉書
黄の楔形《せつけい》の靴えらびきていもうとは眠りたり地の鹽となるな

柩

家族はとほき未來に死滅して日日の食卓に茴香《ういきやう》をそなふること

*

はつなつと夏とのあはひ韻律のごとく檸檬の創現《あ》るるかな

金木犀　母こそとはの娼婦なるその脚まひるたらひに浸し

扇風器死してつばさのかがやける晩夏とサン・テクジュペリの手記

わが耳つまむごとくカップの耳もてる醫師とあり珈琲店〈鰐《クロコディル》〉

卵黄湛へしこの生卵あやふきに〽マルブルーは戰争《サン・ヴアタン・ゲール》に行つた……

弑逆旅館《パリサイド・ホテル》

水妖

わが馬キリエ仔をうみしかば仔のためによごれたる新月色の麥藁

死後の奢り

秋ふかきピエタに赤き罅《ひび》はしりあきらかに屍毒《プトマイン》もつイエス

寒雷の下かへりきて寒雷の香を放つワグネリアンの弟

黄色自治領

閉ざせ胡麻

愛人の愛遲遲として群青の沓下をその底より編めり

婚姻のこのくれなゐの空間を馬歩みあはれその臀充てり

金婚のつぎ何の婚待つ母の心電圖、折蘆のつらなり

嚴かに眠れ

ルオー忌をひとり修すと肋木の少年の腋まゆずみ色に

茗荷刻む畫面變りてテレヴィには不思議の國のアリス＊＊＊＊アリソン

細蜂少女《すがるをとめ》、天蛾少女《すずめがをとめ》ふつふつと受難樂鳴るラジオをかかへ

死後へつづく春夜の市に電球を鬻げり球のうちなる蘂よ

父に甘ゆる弟のこころ海よりす我がこころ砂に喰はるる車輪

『緑色研究　a study in green』抄

革命遠近法

黄昏遠近法

雉食へばましてしのばゆ再《ま》た娶りあかあかと冬も半裸のピカソ

蕗煮つめたましひの贄《にへ》つくる妻、婚姻ののち千一夜經《へ》つ

サン・セバスチヤン繪の中にひたすらに水欲り水の上ゆく椿

鷲鳥卵つめたしガルガンチュアの母生みしパルパイヨ國の五月雨

梅雨明けてまづ近景に母國よりのがるる聲赤きほととぎす

馬は睡りて亡命希ふことなきか夏さりわがたましひ滂沱たり

われらからだのみ娶り夜の曲馬團《シルク》には象かなしみに充ちてあゆむ

夏至のひかり胸にながれて青年のたとふれば錫のごとき獨身

＊

昧爽遠近法

アヴェ・マリア、人妻まりあ　八月の電柱人のにほひに灼けて

孔子に隨ふ處女《をとめ》ありしや　心冷え牛乳《ちち》を晩夏の水もて淡《うす》む

體育館まひる吊輪の二つの眼盲《し》ひて絢爛たる不在あり

採油塔の脚しなやかにむらがれるバクーとぞ死後の蜜月の町

ギムナジウムと花屋のあはひ泥濘の屬領も昧爽《よあけ》までに亡ぶ
金鑛貨車かたへ過ぎつつ　喫泉に口づくるわれはかりそめの死者

果實埋葬

快速調

揚雲雀そのかみ支那に耳斬りの刑ありてこの群青の午《ひる》
暴動鹽のごとくあたらし剛毛のツェッツェ蠅棲む國の處女《をとめ》に
乾葡萄の陽の味ふくみつつ覗入るレスリングひめやかに喘げり
黑人オルフェ　こころの夏に百人の競走《レース》の自轉車の臀熱《あつ》し

まづ脛より青年となる少年の眞夏、流水算ひややかに

婚姻のいま世界には數知れぬ魔のゆふぐれを葱刈る農夫

＊

緩徐調

硝子屑硝子に還る火の中に一しづくストラヴィンスキーの血

黑き瞼のうちに眞晝の果《み》を埋めて奔馬性結核の若者

父に愛されたる記憶わかつべし母よ雨中のかわける木賊《とくさ》

壜の辣韮《らつきよう》天に首よせつつ死する五月、大人國《ブロブディンナグ》に友欲し

*

醫師は安樂死を語れども逆光の自轉車屋の宙吊りの自轉車

緑色研究　*a study in green*

緑青篇

五月來る硝子のかなた森閑と嬰兒みなころされたるみどり

假死の蠅蒼蒼と酢の空壜に溜め　de profundis……domine《かみよわれふかきふちより》

出埃及記とや　群青の海さして乳母車うしろむきに走る

男色より酢よりさびしきもの視つめ醫師のひとみのうちの萬緑

リルケ忌の陽はとほりつつ汗の掌《て》につめたきシャープ・ペンシルの芯

花傳書のをはりの花の褐色にひらき　脚もていだかるるチェロ

たましひの夏いくたびか影斷《き》れてプールの底までの鐵梯子

＊

白緑篇

夫婦と犬つめたき葡萄かこみをり　あやふくボルジア家に連なりつ

眠る家族の脚入りみだれ峽灣《フィヨルド》のぎざぎざの死への遠さと近さ

夭折の無頼の父に白緑《びやくろく》の供菓《くくわ》の干菓子の黄金分割

路割れ蒼き水噴けるかな　やすやすと極刑の一つなる娶りして

海苔焦げて痙攣《ひきつ》るみどり　マヤコフスキーを死に逐ひつめたるものは？

むかし天幕職のカヤーム　かたつむり料理濃きなみだの味に冷ゆ

橋より瞰《み》おろしし情事、否かたむきて鋼《はがね》のくづをはこぶ船あり

＊

幼帝

新緑戀

土曜日の父よ枇杷食ひハルーン・アル・ラシッドのその濡るる口髭

あたらしき墓立つは家建つよりもはれやかにわがこころの夏至

祝婚のこころより見えて隧道《トンネル》に入る貨車つひのすみかのひかり

韮の花　子をあまた有つ道化師の緋にぬりし口わづかにわらふ

傘の油にほへる部屋を砦とし眠る　無可有郷《ユー・トピア》に足むけて

＊

神はわが櫓

夕蟬の見えざる翅の脈うちて樹樹ふかき快樂のさきぶれ

不渡手形遡求權のごとき戀　されば六月の鯖かがやける

ゴッホの耳、否一まいの豚肉は酢に溺れつつあり誕生日

釘、蕨、カラーを買ひて屋上にのぼりきたりつ。神はわが櫓

鼻梁ジッドに肖し父のため立棺をおほふ　からすみいろの麻布もて

肉色の泡うかぶ潮鹽田にみちびかれつつ今日西鶴忌

＊

幼帝弑さるるなつかしも先づ赤き竈より幼稚園建ちはじめ

月蝕對位法

血紅旋律

神にも母にもかつて跪きしことなしサッカーの若者の血噴く膝

シェーンベルク祭〈ナポレオンへの頌歌〉もて畢り紅き椅子の屍《し》は充つ

夏の鹽甘し　わが目の日蝕といもうとの半身の月蝕

好漢の未婚の眞夏　蚊絣の藍いろの蚊を身にちりばめつ

赤きアポロのしるしの下に若者は給油せり疼《いた》みもてそれを享く

旱天の地上の核として母が緋の洋傘《かうもり》の圓天井《ドーム》を支ふ

カフカ忌の無人郵便局灼けて賴信紙のうすみどりの格子

惡友のひるねの臍に一つぶの葡萄を塡めて去る　聖母月

＊

漆黒旋律

いもうとよ髪あらふとき火あぶりのまへのジャンヌの黒きかなしみ

少年蝶を逸せり　さはれ一瞬を漆黒のヒットラーの口髭

慾望われとひとしからねば若者は先行す　茱萸《ぐみ》の苗わしづかみ

＊

不定冠詞

快癒と瀕死

夜の花屋の格子の彼方昏睡の花花の目　クレー展見そびれつ

電工の濃紺の脚天窓に仰ぎ見つ　快癒と瀕死のさかひ

鐵線の尾に猩紅の標《しめ》結ひてトラック疾驅せりフロイト忌

復活祭《イースター》まづ男の死より始まるといもうとが完膚なきまで粧《けは》ふ

暴動のモティーフとして風中の向日葵　脚あらば奔りださむ

わが眼の底に咲く紫陽花を診《み》たる醫師暗室を出ていづこの闇へ

愛慾に懸くる友らの羨《とも》しきを交響樂百一番「時計」

緑蔭を穿ちて植ゑし新緑の衫　愛しすぎて友を失ふ

芍藥と半音階と麪麭の耳愛し銀婚の日の悪伴侶《ワース・ハーフ》
氷塊のうちのうす緑の地獄・未婚のテネシー・ウィリアムズに

*

死神と悦樂

慾望をみなもととして變電所までむらさきの電線けぶる
青年よ汝《なれ》よりさきに死をえらび婚姻色の一ぴきの鮎
暗きよろこび愛人の犬仔を生みしかば死神《プルート》と名を贈りたる
裸の父見しものの裔いきいきと汗のズボンの長脛彥ら

われの悦樂《よろこび》に隣りて全身の釘ひえびえと建ちゆく禮拝堂《チヤペル》

＊

新・殘酷物語

薔薇幽閉

薔薇、胎兒、慾望その他幽閉しことごとく夜の塀そびえたつ

風のちまた百のテレヴィにマラソンの獅子奮迅のずたずたの獅子

ペンシル・スラックスの若者立ちすくむその伐採期寸前の脚

⁂

若者連れて芭蕉さまよふ北國の地圖の鐵道網のはつなつ

夏と煙

ピレネー山脈戀ひて家出づ心臟のあたりわづかに紅き影曳き

テレヴィに西部男の屍體夜夜視つめ處女《をとめ》らがやはらかきたましひ

⁂

長身の父在りしかな地の雪に尿もて巨き花文字ゑがき

ラジオの「英雄」足で消しさてわれら寢む殺されて覺むるまでの睡りを

致死量

超絶技巧練習曲11

絶唱

肉桂の香と肉慾のかかはりのあやふし毆《う》たれゐる馬の前
金婚は死後めぐり來む朴《ほほ》の花絶唱のごと蘂そそりたち
照る月の黄のわかものの尿道のカテーテル＊＊＊聖母哀傷曲《スタバト・マーテル》
一穗《いっすい》の錐買ひしかばかたへなる一莖《いっけい》のやはらかき妹

⁂

寒泳の青年の群われにむきすすみ來つ　わが致死量の愛
ライターもて紫陽花の屍《し》に火を放つ一度も死んだことなききみら

禁慾きはまりしうつつに麥秋の麥うちなびき全絃合奏《コーダ》のごとし
卵黄吸ひし孔ほの白し死はかかるやさしきひとみもてわれを視む

＊

青年科

クオ・ヴァディス・ドミネ　靴屋のくらやみに　蹄鐵打たれをり青年は
わかものの病む眼のなかのひるの星＊＊＊＊*Laclos, L'Isle-Adam, Louÿs, Lawrence*
夕顔乾酪色《チーズいろ》にくさりて慘劇のわが家明くるなり＊おはやう刑事！

⁂

壯年緩徐調にすぎさりつつを火の色のラベルの音盤《ディスク》のカラス

ラ・マルセイエーズ心の國歌とし燐寸《マッチ》の横つ腹のかすりきず

樅

半音階的ワーグナー論　あるいは〈*über das Weiblichen im Menschlichen*〉

魔圈

合鏡《あはせかがみ》の蒼の世界に鬚剃ればわれとワーグナーの逢ひかず知れず

罌粟薙ぎて血ににじむ地《つち》視つめゐるわかものの口のわぐねりすむす

愛
の
創めに
呪はるる者
花菖蒲禁色の胎
水に漂ひ　血塗れの
剣の鞘なす　死　の蕾睡る夜
醒むる午　わが地獄
渇く花饐うる魂
樂音に悉く
鏤めた
る
殃

死の核を繞るイリスの三首

なまぐさきもの滿ち百の花きざすあぢさゐの心電圖を撮れ！

半神

娶りはとほき奇蹟なれども帆柱を神として若き漁夫ねむるなり

夏至物語　*or a study in indigo*

呪

少女ふたばよりかんばしくかなかなの啞刺し殺す夏至物語

晴天にもつるるとほきラガー見む翳《かざ》せしゆびの間《あひ》の地獄に

ほととぎす　わがわかものに庭訓の*Whitman*が花のごとき鬚

芍薬置きしかば眞夜《まよ》の土純白にけがれたり　たとふれば新婚

＊

祝

藺煮つつゐまふいもうとまへがみのうづゆるやかにわれを殺《あや》めよ

反神論

反世界

ある日婚姻　わが放ちたるわかものの背の紋章の鷹の羽ちがひ

麪麭屋竈《かまど》に薔薇色の舌つみかさね　けぶりたつロートレアモン忌日

檸檬風呂《れもんぶろ》に泛かべる母よ夢に子を刺し殺し乳あまれる母よ

轢死あれ　轢死あれ　われは屋上に蜂の巣の肺抱きて渇くを

コクトーが屍《し》にしろがねの髪そよぎ裂かれし鮭の肉にふる雪

青鬚

雉子の頸藍に冷えつつ　すみやかに汝の欲するところをなせ

＊

慈雨とまことにおもふくちびる花色に泥這ひまはるラガーを見れば

＊

オートバイの群は驅け去る麤皮《あらかは》の襟ひややけき青鬚のするゑ

新緑のなかなりしかば目つむりし少女はがねのにほひをはなつ

コルドバの牝牛の皮の靴ひづみ父あゆむうつくしき惑ひの齡《とし》

＊

世界の黄昏をわがたそがれとしてカルズーの繪の針の帆柱

『感幻樂』抄

きのふからけふまでふくかぜはなにかぜ
こひかぜならばしなやかに
なびけやなびかでかぜにもまれな
おとさじききやうのそらのつゆをば
しなやかにふくこひかぜがみにしむ

田植草紙朝哥二番

聖・銃器店

固きカラーに擦れし咽喉輪のくれなゐのさらばとは永久《とは》に男のことば
闘牛の繪の藍色に昏れゆけり男らは血を噴きつつ果てよ
褐色の獵銃あをき拳銃とあひ觸れて夜の聖・銃器店

「樂興の時」たちまち果てて立ちあがるハープ抱きゐしその長き脚

死なば愛さむ父のひだり手注射器に一すぢの血のさかのぼるなり

純潔の罰のめまひのおもき肩組めば鬚やはらかきラガーよ

雨の薊棘こまやかにひかりゐつ愛は創まらむとしてたゆたふに

睡りの中に壯年《さかり》すぎつつはつなつのひかりは豹のごとわれを嚙む

暑き日はをはらむとして「ピーターと狼」のひとふしのみづいろ

シーツをよぎる青きはたはた夏風邪の家族泡だつごとき眠りに

針もて齒せせる牧師に救はれし母のたましひ　黄の蟬しぐれ

あまたなる愛の一つをえらびつつ青年の髪の底なる白髪

瀕死の扇風器にゆび入れて死なしめつ夏まだきわが就眠儀式

はなびらに孔ふさがれし噴水のわれより奪ふものあらば侮蔑

生材《なまき》ならべて烙印捺せる男らのむれ　悦樂の園のひでりに

乳房ありてこの空間のみだるるにかへらなむいざ楕圓積分

花提げてかへる男に夏の夜の家庭穢れし鹽充つるなり

わが掌《て》のうちに螢は死して光りをりああ樹樹はその緑に倣ふ

皮剝ぎし檜を積みて車過ぐ　その緩徐調《アダジオ》の死のすれちがひ

わかものの臀緊れるを抒情詩のきはみにおきて夏あさきかな

瞠れカナンよ

ここにノア農夫となりて葡萄園をつくることを始めしが、葡萄酒を飲みて酔ひ天幕の中にありて裸となれり。カナンの父ハム其の父のかくしどころを見て外にありし二人の兄弟に告げたり。セムとヤペテすなはち衣を取りてともに其の肩にかけ、後向きに歩みゆきて其の父のはだかを覆へり。彼等面をうしろにして其の父を見ざりき。ノア酒さめて其の若き子の己れに爲したることを知れり。ここにおいて彼言ひけるは、カナン呪はれよ。彼はしもべらの僕となりて其の兄弟につかへむ。

創世記第九章

木犀一把　霜一つかみ　肉厚き男らはまはだかを著よとぞ

壯年のなみだはみだりがはしきを酢の壜の縦ひとすぢのきず

男なる父の果實の翳　さはれわかものの棒立ちのこころよ

絃樂器のごとくこの夜をかたらはむなれに二まいのけだもののみみ

にくしみの起承轉結たそがれは紅し罌粟ほろびしきりぎしが

香る　薑《はじかみ》　おきしばかりに父とわが夜に一脈のかなしみの水脈《みを》

＊

若死を蔑《なみ》するまでにこころ墮つあをあをとけふみづのうへの夏至

鱗翅《りんし》・鞘翅《せうし》・脈翅《みやくし》ら夏のさきぶれと死のさきぶれの母の嗄れごゑ

噴上げの穗さき疾風《はやて》に吹きをれて頽うつ　しびるるばかりに僕《しもべ》

鮮血の赤の他人のわかものと硝子へだてて立つがらす鋪《や》に
黒硝子なす夜の天の天幕に網膜のあみみはれカナンよ

＊

假面狀花冠、舌狀花冠、溫室のはなばなに變聲期きたらむ

＊

螢籠に死せるほたるはともりつつにほふ　みだるることばのはじめ
わかものの數學ぎらひ母ぎらひ風折れの杉かをりつつ死ね
豹　檜　氷室《ひむろ》の氷　硝子工　すはだかを最高のよそほひとす

たとへば父の冤罪の眸《まみ》愛すべし二重封筒のうちの群青
蹴球のみだりに甲《よろ》ふをとこらをあはれめど市に簀《す》まきの黄薔薇

花曜　隆達節によせる初七調組唄風カンタータ

壹の章　むらあやでこもひよこたま

戀に死すてふ　とほき檜のはつ霜にわれらがくちびるの火ぞ冷ゆる
いざ二人寝む早瀬の砂のさらさらにあとなきこころごころの淺葱
われら死に近ふまで戀すなれ夏の扉《と》に汗衫《かたびら》のえり釘もてつなぎ
おおはるかなる沖には雪のふるものを胡椒こぼれしあかときの皿

百合とはじかみ賜ひきさはれつゆの身よ夏いつまでの夕ぐれならむ

神は逐はるる遠日點のみづすまし
花は剪らるる僻目《ひがめ》ひぐるま
さらばいだかむ夜の鼓

雪はまひるの眉かざらむにひとが傘さすならわれも傘をささうよ

汝《なれ》とわが知るくちびる四瓣《よひら》たかつきに麴のつぶの毳《けば》ひかりあふ

かへりなむいざ男のやかた木犀の銀微塵咲き微熱こもれり

神は男の肉に憑くとふうすずみのわがゆめの雪ゆめのゆふがほ

きららきさらぎたれかは斬らむわが武者《むさ》の紺の狩襖《かりあを》はた戀のみち

射干《ひあふぎ》の實の魚《いを》のはららご
逢ふは稀わかれは繁《しじ》に
男童《をわらは》のさげすみの目を愛づるころかな

嚙めばかたみににがきこころぞ水無月のすゑに別るる汝がまへがみも
插頭《かざし》の太刀はわれのねざめにひと枝の萩剪れ　これぞ男のわかれ
柿のかたびら重ねてぬぐは河原《かははら》の涸るるまなつの戀のはじめ
高き窓より砂撒きて逢ふたくらみの幼けれきぞもけふもひでりよ
森の靡きのまゆずみいろに昏れゆくと誰《た》がため締むるなれが小つづみ

柩こそ繭ほどに輕かれ
蛇の衣よりかるかれと
葉月はじめのいささねぎごと

つね戀するはそらなる月とあげひばり　柊　ひとでなし　一節切《ひとよぎり》
こころは肉にかよふ葉月のうすら汗武者《むさ》が髮結はるる頸の汗
雪の上來しあたら長脛さやさやと杉の香はなつなれ好色漢《すきをとこ》
ふるはかたびら雪ぼたん雪息あらく若者が馬さいなむうへに
夜のひるがほに疾風《はやち》すぎつつ　戀遂げずあれば年ゆけども若王子《にゃくわうじ》

貳の章　きづかさやよせさにしざひもお

空蟬のうちに香もなきかなしみの充つるを天にむけし繪ひがさ
まをとめの鈴蟲飼ふはひる月のひるがほの上《へ》にあるよりあはれ
空色のかたびらあれは人買ひの買ひそこねたるははのぬけがら
交睫《まどろみ》のあやめ萎ゆるに肖つつあれうまずめの妻死をやどすつま
山どりの紺の風切羽《かざきり》きみなくばやすらけく風の夜を寢みだれむ

笛あたへてむ
たちばなくらひくちゆがむ
その口に吹くひとごろしうた

眞夜もさびしき日向《ひなた》はありてきみとわが二ふりの太刀花梗《くわかう》のごとし

銀の串もて鮎つらぬきし若者のこころすなはちわれつらぬかむ

枯るる蓬生《よもぎふ》口紅ほどにもみぢする心車輪のごと急《せ》く彼方

熒惑星《けいこくせい》を水に隕とせし誰がうたぞわれよりこゑ清きほととぎす

よひのいなづまいつくしき額《ぬか》ながるるを見き　曉をはやゆかりなし

水にふる雪
火のうへに散る百日紅《さるすべり》
わがために死ぬは眉濃き乳兄弟

馬を洗はば馬のたましひ冱ゆるまで人戀はば人あやむるこころ

籠《こ》には眠らふ雉子《きぎす》の卵いつの日かかへらなむ霜月のまぐはひ
海には礁《いくり》　原に鳥網とらはれてたちまち忘れける男の名
緑葉金《りよくえふ》にひるがへる日をわが愛の始めとなせりたぬしき疫病《えやみ》
晝、抱擁の腕《かひな》ゆるめよ樹樹の間ゆあらあらと放鷹樂《はうようがく》湧きくるを

いくさあるとてひとのいくさよ
死者のめざむるよりけざやかに
月ぐさのはな咲き候

朝《あした》明くるはいたみのごとしあかがねの腹に二十重《はたへ》の白木綿《しらゆふ》纏くも
頒《ほ》むべき肉を胸にかざりてはつなつの衣更へする男のすがた

はるかなるかな　殃《わざはひ》一つひとづまの柑子噛みたる黄丹《わうたん》の口

鶉割きてその花いろの肝くらふ啖へをとこのいのちつかのま

床の花氈の花芯に臥していつはりを貽《やど》せしのみよとはにまをとめ

星曆

夕星《ゆふづつ》のもろきはららご高層にをとこらのむれ硝子をみがき

言葉、青葉のごとし　かたみに潸然と濡れて世界の夕暮に遇ふ

會陽《ゑやう》

青蟬《せいせん》はかたみにとほく鳴くつゆの世にレスラーのしたたる衄血《はなぢ》

冬の葡萄の一粒の青　わが目もて射ちしダイヴィングの若者は

わが愛のかたへに立ちて馬の目のこほる紫水晶體よ

断金調《たんぎんてう》

青麥の禾《のぎ》けむりつつ皮膚うすきあはれ人間の神に養《か》はるる

子を生《な》しし非業のはての夕映えに草食獸の父の齒白き

さらば百合若　驟雨ののちをやすらへる味爽《よあけ》の咽喉《のみど》ゆふぐれの腋

暗殺の豫感眞青《まさお》ににほひ來と歌へはらわたのかたちのホルン

睦月　きさらぎ　繪札《カード》のジャック極彩の斷《き》れし上半身愛しあふ

孔雀の屍《し》はこび去られし檻の秋のここに流さざりしわが血あり

猩紅のジャケツに封じわかもののそびらのきず秋風に獻ず

繭ごもる少女のために火の秋のバッハ平均律ピアノ曲集

まことに怒ることまれまれに薔薇苗の莖刺しちがへつつ賣られたる

わが修羅のかなた曇れる水のうへに紅き頭韻の花ひらく蓮

羞明　レオナルド・ダ・ヴィンチに獻ずる58の射禱

ほほゑみに肖てはるかなれ霜月の火事のなかなるピアノ一臺

＊＊＊

青春は一瞬にして髭けむるくちびるの端《は》の茴香《ういきやう》の *oui!*

レオナルド・ダ・ヴィンチと性を等しうし然もはるけく蕗煮る匂ひ

⁂

雲雀童子《ひばりどうじ》　鶺鴒少女《せきれいをとめ》　はつなつはきぬぎぬの石に露ありてこそ

⁂

さらば若者　わが王國の晝火事のはじめのほのほ新芽のごとし

罌粟枯れてなほ網膜に血痕のごとカルル・ジョリ・ユイスマン立つ

いもうとはつきくさの血につながるときのふ知りたること今朝おぼろ

風なかに實となる罌粟はうちなびき不覺なり昨日愛せしは肉
眞夏眞紅ネロはセネカに死を賜ひ世界はわれを死後へいざなふ

*
**

夏されば彷徨變異　蟬の目のことごとく視て見ざるを戀ひつ
モナ・リザのゐまひの彼方わかものの貌顯つ　葉月こそ夏の燠《おき》

*
**

蒼向日葵かがみにうつる脚長し奔れレオナルドの逆さ文字

反殺儀式

一人《いちにん》の刺客を措きてえらぶべき愛なくば　水の底の椿

弟といへども羞《やさ》し生姜市めぐりてゆびの股匂へれば

母は雲母《うんも》　われたたしむる慾望のすみずみに電流は充つるを

時間こそ花なるべきにわれは倦みかなたには露かわくまでの髪

睡曜

口離《か》るるまでの言葉を詩と思ふのみ　若者の目の星明り

⁂

錐・蠍・旱・雁・掏摸・檻・囮・森・橇・二人・鎖・百合・塵

人參の紅まどろめる神無月たましひは退潮をきざせり

世の終りのための四重奏　メシアンのまねび

＊

汎神論ほろぶ部屋よりのがれ來しわれに濃霧のごとき抒情詩

鬣

Ｉ　逝ける闘士のためのハバネラ

忍法《にんぱふ》夙《しゆく》流《りう》變移《へんい》拔刀《ばつたう》霞《かすみ》斬《ぎ》り　眼疾のはてにわが死はあらむ

軋める愛の痕よくれなゐより黑にうつろふサッカーの擦過傷《さつくわしやう》

いたみもて世界の外に佇《た》つわれと紅き逆睫毛《さかまつげ》の曼珠沙華

秋は身の眞《ま》央《なか》を水の奔りつつ弟切草《おとぎりさう》の黃のけふかぎり

幻視繪雙六　憑かれたる帝王への頌歌

Ⅰ　菊花變　後鳥羽院に寄す

帝王のかく閑《しづ》かなる怒りもて割く新月の香のたちばなを

梔子一白《くちなしいつぱく》　死するをとこの目の二黑《じこく》　ことば裂かるるとも肉觸れむ

髭武者よ菜の莖立《くくだ》ちの綠黃《りよくわう》をやさしき楯として果てしかば

水無瀬瑠璃　熊野藍青《らんじやう》　三碧《さんぺき》のあまれる隠岐に水脈《みを》奔るかな

悲酸《ひいさん》のわかものあゆむたたかひののちの世統ぶるもの花とみづ

呪師《のろんじ》の巫女《みこ》に口寄すくちびるの四緑《しろく》　星蝕の天うちふるひ

錫色にひるの星星栢槇《びやくしん》の葉隠れにをとこごころとどめよ

にくむべき詩歌わすれむながつきを五黄《ごわう》の菊のわがこころ踰ゆ

愛は終焉《をはり》　辛夷《こぶし》の空を横裂きに雲雀翔《た》つ世のほかなる時へ

六白の雪をおもへばかまくらの沖うすずみの波の上の菊

あらぬ世にもみぢぞさやぐ子を生《な》さばいもうとは霜あねはあさぎり

渇き死にし螢刺しつらねて環《わ》とすその七赤《しちせき》を戀にたぐへて

こころざし風の山査子《さんざし》花荒れて髮刈ればわがつむり新墾《にひばり》

衞士《ゑじ》四人われを否める八白《はつぱく》の眼の隈に虧《か》けゆきしゆふづき

壯年の髮膚《はつぷ》冷えつつおもきかな蠶《こ》は死をつむぎそめしばかりを

桐桔梗藤萩槢かぞふれば墓石に月のかげさす九紫《きうし》

＝ **墮天國　皇帝ネロに寄す**

レスラーがグレコ・ロマンのほろにがき對位法　月、枇杷色に滿つ

⁂

愛は生くるかぎりの罰と夕映えのわれのふとももまで罌粟の丈

世界より逸《そ》るるるばかりををとこらがかなしき肉のほかのゆふすげ

『星餐圖』抄

Ⅰ　星想観

漾へ

音樂は歇みたり

青年にして妖精の父　夏の天はくもりにみちつつ蒼し
賜へつめたき言の葉の修羅青茅《かりやす》は秀《ほ》の焔もてわれらを隔つ
翅炎ゆる蜻蛉《あきつ》水の上《へ》さしぐみてみづからに晩熟をゆるす
詩歌濃くふふみこの夜にただよふを桔梗《きちかう》の水わがこころ截る
火の星の夏　淡き血の夏　われは襤褸《らんる》翩翻《へんぽん》として架《かか》るべし

ディヌ・リパッティ紺青の樂句斷つ　死ははじめ空間のさざなみ
韻律の夏にただよひ眼藥の一しづくあやまちて額《ぬか》に享く
夏越《なごし》さらば薔薇科の花旱《はなひでり》　われに一人《いちにん》わかき愛のとどめ刺す
少年はたかきこずゑに枇杷をすり失墜の種子つつめる果肉
夏至の夜の孔雀瞑《つむ》れる孔雀園くれなゐの音樂は歇《や》みたり
雨後のごと心晴るるを乳母車ただよふまでに熱のみどり兒
背にたたむ肉の風切《かざきり》羽壯年のいこひなき愛を神は賜ふ
シューベルト「夜の菫」はやみてのち蒼し　失火のごとき愛のみ

天睡りたれ

百合はみのることあらざるを火のごときたそがれにして汝《な》が心見ゆ
はららごのごとき四月の星見よと招《よ》べば鞭打症のおとうと
純白の葉書一ひら黄楊《つげ》に花咲くとつたへて斷ちたりこころ
思ひ出でよ離騷《りさう》心を刺す夏の日のはじめなる瀕死の螢
珈琲噴きこぼれて燃ゆるたまゆらを去りがたしこのまぼろしの生
花ちりてたちまち冥き百合樹《ゆりのき》の伐られつつあはれみを甘受す
木莓の五月なすなきわが日日に沓を手に穿き這ふをさな兒よ

みひらきて死ぬ藪雉子《やぶきぎす》他界には陽より眩しきもの耀《て》りわたる

夏引の繭たえだえに薄明の他界をのぞみおく寝棺あり

黄昏はうつし植ゑたる一羣《ひとむら》の萩きずつきていづくに匂ふ

わが汨羅

傷寒論

死に代へむ愛あらば　否みづのうへにころゐまよふ傷寒《しやうかん》の鶺鴒《せきれい》

愛戀を絶つは水斷つより淡きくるしみかその夜より快晴

風騷

室外に室內樂を聽くごとくわかもののこゑこもれる柩

星學

タクラマカン沙漠他界の入口に還るなと肩つきはなち夏

桔梗に寄す

桔梗苦しこのにがみもて滿たしめむ男の世界全《また》く昏れたり

花終るまでを堪へたる桔梗《きちかう》に晩涼の水きずつきて去る

他界ににほふ

韻文のきのふほろびて麥熟るる光にわれはさらさるるかな

苦艾變相曲

ダヴィデ同牀

自轉車になびく長髪熾天使《してんし》らここ過ぎて煉獄の秋を指す

にくしみの境おぼろに四季周るこの星の名を苦艾《にがよもぎ》てふ

月光滄溟曲

ひるのやみに月光《ぐわつくわう》菩薩《ぼさつ》、苦艾酒《アブサント》にほふ嬰兒をわが伴へば

月光の貨車左右より奔り來つ　決然として相觸るるなし

掌《てのひら》の釘の孔もてみづからをイエスは支ふ　風の雁來紅《かまつか》

Ⅱ　茘枝篇

墮天使領

蒼彌撒

さびし羅馬《ローマ》の火事　母の髪過ぎし日の夕映えに緋の暈冠《コロナ》をまとふ

反世界への反歌

わが夏への扉

生れ生れてはじめに冥し風立てば刹那阿鼻叫喚の濱木綿《はまゆふ》

死に死に死に死にてをはりの明るまむ青鱚《あをきす》の胎《はら》てのひらに透く

陽轉

ひややかに四月の霞わかものの頸動脈にわれの血通《かよ》へ

生傷のラガーひしめきはるかなる水中に罌粟満つるごとしも

朱にも天使にもまじはらず熱鬧《ねつたう》に咽喉《のみど》みづみづしき無頼漢

古典

亂調

氷上の錐揉《きりもみ》少女《をとめ》霧《きら》ひつつ縫合のあと見ゆるたましひ

耳にさやりて香る風花またの日も恥おほくこの修羅に遊ばむ

帰くばかり立春の星あやまちてビリチスの裔娶りしものに
バッハ聴くかりそめの咎ゆるやかに死より他の死へあゆみかへさむ

窈窕篇

すみれ咲く或る日の展墓死はわれを未だ花婿のごとく拒まむ
天にソドム地に汗にほふテキサスの靴もて燐寸《マッチ》擦る男らよ

橙源境

弑歌

音樂の缺落の章彈き越ゆるかに愛戀のこと此處に到る

掌《て》ににじむ二月の椿　ためらはず告げむ他者の死こそわれの楯

夜の新樹しろがねかの日こゑうるみ貴樣とさきにきさまが呼びき

「その夜寢臺《ねだい》に二人の男あらむに」と聖書は記せり　黑き紅葉《こうえふ》

人は希望を病むてふ　翦らば一莖のひるの燈火色《ともしびいろ》の萱草《くわんざう》

ライナー・マリア・リルケ瘰癧瑠璃懸巣問ひつめられてわが歌滅ぶ

誘惑

天使に雌雄あり夜の沖を帆走《ほばしり》のおくれつつゆく父なるや一人

青春のいまありてなき忘れ霜サキとうちむらさきを愛して

蘭のごとくレスラーからみあふ見れば歡びの器なる下半身
死なばまたかへらむ修羅に韻文は芍薬の香のごとくひびけよ
晴天に男糶《せ》らるる市ありとわが牀上《しやうじやう》の黄の月球儀
男鹿半島ひだりあがりの肩越しの雪恍惚と奪はれゐたれ
罌粟に疾風《しつぷう》しかも死ぬまで獨身《ひとりみ》のシャーロック・ホームズを朋とし
蕩兒歸宅否とよ七日禁慾のラガーくちびる裂けてかへり來

『蒼鬱境』抄

遠き萩それよりとほき空蟬の眸《まみ》　文學の餘白と知れど
滿月は熟れつつ　賜へわが領に鳥目繪《とりめゑ》の斑《ふ》の吐噶喇列島《とかられつたう》
かすみつつ蜩《かなかな》の天《そら》　殺靑《さつせい》のことばはこゑのかぎりを生きよ
雪いまだ觸れざるはがねいろの地《つち》　紅旗征戎をきみは事とす
ああ五月母はめぐりに罌粟植ゑて幽明をあざやかに劃れり
險しこころの遊《すさ》びてふこと夜の水に觸るる刹那の火の百日紅《さるすべり》
霜は錫のひびき昨日かわれを措き男一人《いちにん》の愛に果つること
蓮田に雨　明日わが心うらぎらむ言葉たまゆら花の間に顯《た》つ

水無月の水みなぎりていもうとは髪の根に寸鐵を帯びたり

きれぎれに男のことば夜の沖の帆はすぎしかなしみをはらみて

『青き菊の主題』抄

桃夭樂　頭韻鎖歌三十五首

いくよわれなみにしをれてきぶねがはそでにたまちるものおもふらむ
後京極攝政太政大臣

イエスは架《かか》りわれはうちふす死のきはを天青金《あをがね》に桃咲きみてり
黒葡萄葉月は昏れて空よりのなみだしたたるそれすらや戀
夜夜《よよ》新綠われのダヴィデの夕惑ひ嘆き一オクターヴたがへて
わたつみのたてがみ荒るる神無月燭翳るごと吾《あ》を睡らしめ
レスラーの肉のはざまに風絶ゆる　縊られて愛きざさば雉子《きぎす》

涙もて一人はおかむほととぎすほのかたらふをわれは知れれど
水の上に死の鶯の眸《まみ》とぢて恥うつくしき日日は過ぎたり
鈍色に煮ゆるあはびの夕がれひ神は微風のごとよぎるなり

脂肪しづかにわかものを繃《ま》き高音の曇れりし弦樂四重奏
男郎花《をとこへし》白きほむらの一かかへ神のにくしみをかたじけなうす
瀝青《れきせい》は遲遲とかわきてゆふつかたきみねがはざれどイエスの父
照る月の黄を屋の上にあふれしめ家あはれ男を容るる檻

桔梗ひらかむとしてあやふし逢はざれば兄が針狀結晶の鬚
文學のこころを斷たば累卵の生きてかたむく夕映の方
ねむりこそ死への間道曇日《どんじつ》の穗麥穗のするゐよりあかねさす
硝子戸に紺の夜は滿ちありし日の父にわが殺意はうしほなす
花菖蒲ひらかぬ花の槍濡れてわれを弑《しい》するものも孤なり

剃りあとの藍の粟つぶ芽ぐみつつ夕べエル・グレコの繪の地獄
田樂の一人ほほゑみ刹那陽にかがよふあぢさゐは秋の雪
肉は熟麥さすがしびるる二の腕にこよひ黑穗の煤ふるわかれ

玉蟲の屍に夏明けて戀すてふユダの手足のゆび二十本
またかなしからずや神父こゑ絶えて夏を妻問《つまど》ふ十二雀《じふにがら》あり
父はわが額《ぬか》もて額《ぬか》の熱はかる天罰の熱かすかなるかな
流罪ひととき還れば戀ふるよその秋の夢の伽藍に繭は滿ちたり

モーゼ語りける戒のほか愛されてまづ雄蘂よりけがるる罌粟
咽喉涸るるばかりひとりを虔みき繁《しじ》にくもれる秋の茴香《ういきやう》
沖はひでりなさざる戀のなかぞらに星とよばるる火は流れたり
もとより歌は言葉を捨つる風の夜を螢みだれて火の霞網
零《ふ》るは夕星《ゆふづつ》　口なほ熱き拳銃をたまへわれいまだ生を知らず
藍青の空よりわれにふりそそぐ愛とやきしみつつ傘ひらく
麥色に曉《あ》けたりわれと籠《こ》の雲雀昨日か世界事畢《をは》りける

よろこびここに盡きて華燭の一人《いちにん》に根より截《き》られし菫の花環

詩歌知らぬはまことの男毆られて紫紺あざやかなる瞼あり
告げざりし行方來し方漆黑のしづくとなりて夜のつばくらめ
合歡の花見ずてあり經《ふ》る七月のなんぢ婚姻する勿れとぞ

空中伽藍

すでにして詩歌黃昏《くわうこん》くれなゐのかりがねぞわがこころをわたる
あざらけし童貞の冬、車庫の闇に兩手ガソリンもて洗ひをる
われらみな殺さるるとも木は二月火は五月花八月の闇
繪本に青き罌粟は犇く　過ちてぬばたまの夜に汝《な》を生《な》さしめき
死は蹣跚とわれのしりへをあゆみけり朝顏市に晝の燈《ひ》ともる

水中斜塔圖

反射檮

またの世のわれはマフィアに身をゆだね萩の上月のひかり澱む
金管の口一列に血をふくみ今日閉ぢらるる樂器店あり
ランボーの妹禱りわがいもうとは祈らずも　青黛《せいたい》の眸《まみ》
幻視街まひる昏れつつ賣る薔薇の卵、雉子の芽、暗殺者《アササン》の繭
柑橘のうちなる修羅に一滴の言葉は睡れ　かなしみの的

水中斜塔

はたと無人の晝の屋上プール透き眞鯉のわかもののたちおよぎ

青き菊の主題

蜜月

萬象の中なる僕《しもべ》わがために菊青きさきの生《よ》をたまふべし
何に殉ぜむジュネ、ネロ、ロルカ、カリギュラと秋風潛る耳より鼻へ

天使

百合科病院、天南星《てんなんしやう》科醫師、茄子科看護婦、六腑夜ひらくてふ
生はただよふ檻おそらくは流水の一すぢの紅たゆたふ上に

火宅搖籃歌

管絃の絃みだるるはヴィヴァルディ「四季」の夏黄昏ぞ過ぎける
おほはははおほちちの邊の搖籃歌《ベルスーズ》フニクリ・フニクラのこゑ霞み

網膜遊行 あるいは反・歸去來辭

さる夏眼底を病み視界に翳あまた生れ妖しかりけるを

ほつれつつ言葉は空の霞網きさらぎの水反芻《にれが》むわれは
よみがへるために死すてふ眞水もて洗へば紫蘇の禁色の苗
めざむるはふたたびねむるさきぶれと蒼しこの秋のなごりの鱚《きす》

青き菊の主題をおきて待つわれにかへり來よ海の底まで秋

雄蘂變

I　蘂・アササン

秋の水咽喉にさからひしろがねの髪わが肉にねざす不可思議

鳩の卵の網の目の龜《ひび》わがマンディアルグ巻末まで萬華鏡

II　蘂・イカロス

きさらぎの雨ふる市に馭者臭ひ　さてまた巴丹杏の欲しさよ

終りある世界の朝の花市のはづれ穗麥を賣る少年よ

半夏《はんげ》咲くこの世水無月水あふれ渺《べう》たり蛇を初めて見し日

III　棗・カエサル

風は火の上過ぐる時ちちと鳴り死者の耳おのづから冱えなむ
指洗ひなほ身のいづこにか穢れあるさびしさを飛ぶ水馬《みづすまし》
繪《ゑ》詞《ことば》は粟津、二人の鎧武者あひいだき死すその武者ぶるひ
夏は死のかをりみなぎるロッカーに身の緊縛を解くラガーあり

『森曜集』抄

グリム嫌ひイソップ嫌ひ父に臀百叩かるる夢を愛して
柿の花それ以後の空うるみつつ人よ遊星は炎えてゐるか
往かず還らぬわが日常におとづれて春の若狹の麻疹童子《はしかどうじ》よ

『されど遊星』抄

星

あはれ知命の命知らざれば束の間の秋銀箔のごとく滿ちたり
色にさへ寒暖の差のかなしきにみなぞこの愛なかぞらの戀
白罌粟のみのるは見つつ水無月のたまゆらにして詩歌涸れたり
若者の蓬髮のその苦艾《にがよもぎ》まぶたに觸れつまぶた醉ふかも
山茶花は老いし天使の糧白きほのほのかに死のかをりして
死は耳を立ててわが家の歡談を聽く鮮黃の矢來牆《フェンス》の彼方
ほほゑみてこの遊星の終末を見む漸弱音《モレンド》の秋ほととぎす

散文の文字や目に零《ふ》る黒霞いつの日雨の近江に果てむ

ものなべてまづしくうるみ天國のごとしも三月の麥粒腫《ものもらひ》

妻は鶴に還らざれどもゆふがほの枯れ枯れにしてうすずみの網

飛梅の飛ぶ香はるけき寒昴《かんすばる》耳の迷宮に光刺すなり

後夜

うすべにの秋の曇りに硝子壜吹けり火の硝子ぞ世を劃《かぎ》る

木犀《もくせい》少女《をとめ》うつろふ影は硝子越し古今集戀よみびとしらず

飛驒はいさ男鹿も知らね逐電のこころひらめくやよひきさらぎ

かんふらんはるたいてんよ飼犬の隠し子輕皇子《かるのみこ》と名づけて
つばくらのむかし眩《くるめ》く　點鬼簿のはじめ矢車劍之介など
苗代は天の涙の水張りて神饌の針みどりにそよぐ
頬髯は穗積皇子《ほづみのみこ》の穗に出でてかすめる夏の忘れがたみよ
雲林院《うりんゐん》界隈駐車嚴禁のひるや荒鹽の香の西行
まむかへばほほゑむものを父と呼び木賊《とくさ》刈り刈る信濃は知らず

青狼變

さつきみなづきえこそやすらへ封筒に封じてわが夜夜《よよ》の星明り

「木曾と申す武士死に侍りにけりな」否針葉樹林接吻《キス》の香の夏

ルイス・キャロルありのすさびの藥瓶割れて虹たつなり夢の秋

六月の夜の火蛾《ひが》少女《をとめ》すみやかに惑星の水涸《か》れつつあるを

目翳《まかげ》して廿歳《はたち》のダヴィデ遙かなる地の硝子店月映《つきばえ》に鎖《さ》し

父を選ばば七人の敵一人づつ消しアフリカの空に蝶採る

耳搔きの羽毛ほのかに神無月《かみなづき》まどろみてかなしみを喪ふ

照翳畫法

ことばよりこゑにきずつくきぬぎぬの空や野梅《やばい》の蘂の銀泥

音感のあはれ冱えつつ杉の秀《ほ》に斑雪《はだれ》はうるむ夕影の邑《むら》

海の微風甘し生よりすみやかに遠ざかり來し藍のくちびる

家族火星に遣らむはかなきよろこびをほととぎす藍色のほととぎす

烏瓜間奏曲

わかもののかをり飛び散る秋霰たましひの檻ありつつ見えぬ

焰《ほむら》だつ詩歌棄てなむ初霜にうるむ桔梗のさみなしにあはれ

水の上《へ》に朴こそひらけあかねさす天體まぶたほどの昃《かげ》りを

微笑もて侮蔑に應ふ　夕空のほととぎす聲かすかに蒼《あを》し

百日紅《さるすべり》淡き飛火の空冷えてわが死は生の陰影遠近畫《スキアグラフィア》

直說法半過去

前《さき》の世の菫の岸の一滴の血潮　奔馬のオートバイ過ぐ

白き栢槇の主題

蜉蝣《かげろふ》の翠《みどり》圍ひしたなごころほのかに重し知命過ぎなむ

肉によりて愛すといへど幽囚の生　絲杉の青凄《さむ》きかな

鹽鱒のあはれ火の色さなきだに肉の念《おも》ひは神にさからふ

『閑雅空間』抄

現代閑吟集

壯年の今ははるけく詩歌てふ白妙の牡丹咲きかたぶけり

二番星見つけしや子よ杉の實の芳しうして葉隱れの生

豪雨來るはじめ百粒はるかなるわかもののかしはでのごとしも

思ひ出でて父の怒りにむせぶ日もあらむ蓮田に花刈りつくす

青酸漿《あをほほづき》たとへば人と別れむにわかれてのちの月かげるかな

女逐ひてうつつなかりし　六月に見ず八月に見たる紫陽花《あぢさゐ》

泥棒市の樂器、それより磊磊《らいらい》と敗戰ラガーらが沐浴《ゆあみ》する

血縁の何ぞさらさら麻の葉の夏蒲團秋風に晒して

ヒマラヤ杉風に折れたる二メートル等身の友が深夜訪ひ來る

書かず終るわが消息の遠景に散るラガー金色《こんじき》の蜾蠃《すがる》よ

夢の沖に鶴立ちまよふ　ことばとはいのちを思ひ出づるよすが

夕闇に鶴たつたつた今われの耳のうしろに火のかをりして

娶らざることも一心不亂にて夜の網ほつれけらし紅梅

木曾といふ武士美しやしんがりの走者紅潮して過ぎ去れば

太陽領

花胡桃《はなくるみ》昏れて明るきそのかみやわが死甲斐のアルベール・カミュ
夜の木犀友はやスカンディナヴィアの旅くはだてて一日《ひとひ》恍《くわう》たり
黑谷の晝の紅梅一抹のあはれみを死者よりぞたまはる
初蝶は現《あ》るる一瞬とほざかる言葉超ゆべきこころあらねど
空の香の沁むうしろ髮北歐の飛行士の眼《め》に遠火事兆す
帽子の鍔他界の空をさへぎるとヴァチカンのうら若き衞兵
海よりの風及ぶ時ヴェネツィアの玻璃店に翡翠《かはせみ》の翳さす

火と風の主題

劉生のあはれみにくき美少女はひるの氷室《ひむろ》の火事見つつゐし
精靈の一つは若く水の上おきわすれける薄荷のかをり
食慾のたとふれば翅《はね》一ひらか青き唐芥子の上過ぎし
子が空色の長沓穿きてちちははの知らぬ眞夏の死にむかふなり
きさらぎは世界硝子の籠《こ》のごとし戀人が藍のかはごろも脱ぐ

冬の華燭

寒卵かすかにうるむ「ヒトラーと音樂」の項讀みつつあれば

翌檜そよぐあたりの花いかに言葉殺さば歌ひびきなむ

凍孔雀《いてくじやく》紫紺の羽交《はがひ》青年が夢いつ果つるコンピュートピア

船大工短軀童顔まどろみのうちなる喜望峰はいかに

春夜讀むスパイ列傳花散らば西空たぐひなく青からむ

星彩

ローマ春の味爽《よあけ》美貌の犬連れて夫人去りけるヴァチカンの方

夏の巷先へ先へと道岐《わか》れ奥にひらける海こそ桔梗

宍道湖《しんぢこ》の友震二郎《しんじらう》風邪ごこち神在月の神おとろふれ

みどりごのこゑ洩るごとし波斯《ペルシヤ》産石榴見えざる罅《ひび》に覆はれ

わが紺碧領

蠶豆《そらまめ》眞《ま》靑《さを》少女さらさらはにかまず太き色鉛筆を削らず

緋のバスタオル椅子に靡きて秋の夜の何をか統《す》ぶるルイ十四世

甘露變

傳へ得ぬわがいとけなき日日の糧イソップの酸き葡萄冷えたり

神無月さやけきポリス・ボックスに兄貴搾られをり紺の沖

黒き鶴の主題

歌はずば言葉ほろびむみじか夜の光に神の紺のおもかげ

丁子・茴香・肉桂・胡椒夕映に妻は選るまたはかなきことを

群青見神

燕麦《からすむぎ》一ヘクタール　火星にもひとりのわれの坐する土あれ

霜月の三輪の味酒《うまざけ》かすかなる酔ひごこちグレゴリウス聖歌

なほ夏のほてるたましひ死を懸けて遂へどがらがら蛇の戀人

遊燕

旅てふことば今ぞきらめく彫金《てうきん》の蝶をトレドの辻に見て過ぎ

悲しみに飢ゑて四月の鴫鳴くと見よスカンディナヴィアの青麥

ヒアシンスその紺青のくらくらとトレドの袋小路の尼僧

あれは水陽炎《みづかげろふ》のひびきかサンマルコ寺院より神立ち去る音か

近江には杉の花咲きみどりごが母音はつかにあやつりそめし

百千鳥わが知らぬ世のわすれみづあつめてエーゲ海はいざよふ

『天變の書』抄

Ⅰ　朗朗

父となりて父を憶えば麒麟《きりん》手《で》の鉢をあふるる十月の水

カリフォルニア石榴一顆《いっくわ》を掌上に在りわが世界こころよりほろぶ

サッカーの制吒《せいた》迦《か》童子火のにほひ矜羯《こんが》羅《ら》童子雪のかをりよ

石鹸に刹那薔薇の香うつされてこの風邪二十日《はつか》癒えざるべし

水を切る敦盛蜻蛉《あつもりとんぼ》水くぐる維盛蜻蛉《これもりとんぼ》　男ははかな

夢前川《ゆめさきがは》の岸に半夏《はんげ》の花ひらく生きたくばまづ言葉を捨てよ

白桃《はくたう》黄桃《わうたう》われにくちびるあることのあはれ九月をくもれる心

しほからとんぼ腑分《ふわけ》終りしわが童女夕星《ゆふづつ》をそのひたひに享けつ

II　神を選ばば

秋風の曾曾木《そそき》の海に背を向けてわれは青天よりの落武者

料亭「白妙」炎晝にして透きとほるものひとつかみまないたの上

曼珠沙華われらはじめに視しものは言葉、こころを離《か》れなむことば

心の底までたけなはの春　釘箱の釘二百本眞紅に腐り

III　緋衣沙門

藪つばき夜目にもしるき花かげを「百萬」の父こゑすぎゆきつ

Ⅵ　青馬樂

金雀枝《えにしだ》の風吹き及ぶ白馬《あをうま》の腿の鞭痕にほふばかりに

諳誦のにがき希臘語《ギリシアご》わかものは日日《ひび》鞣《なめ》さるるごとしかなしも

Ⅶ　覺《めざ》むる王のための喇叭華吹《ファンファーレ》

鶍少女《いすかをとめ》にみちびかれつつ冬の坪あゆめりここを人外《じんぐわい》といふ

沈丁花《ぢんちやうげ》何ぞふふめる殺さるるもの殺すもののみの世界に

霙きらめく山河　冒險小說のはじめ男の子が戀棄てて

使途一切不明なれども一壜の酢をあがなへり妖精少女

立春の空酢の色に樂器店までのかをれる五百メートル
ガリア戰記に罌粟咲きゐしか夜の空油のごとき五月なりけり
濃き言葉淡き言葉とちちははのあはひ行き交ひ葉櫻いまだ
神の目もすみれいろとや郵便車より戀文の束ころげ落つ
飢うるは何たるやさしさぞ女童《めわらは》がわがシェパードと遁走曲《フーガ》聽きをる
蕨手《わらびで》に少女游げり六月のプールに太白星《ゆふづつ》は溺るると
天使一匹妖精一羽木苺の一枝は死者彼奴《きやつ》が見つけし
山巓にすれちがひたる黒人の美髯《びぜん》おそるべき夏がはじまる

雷雨過ぎてあたりは青みわたれると指の繃帯の下が怖ろし

命《めい》終る薄紅蜻蛉《うすべにあきつ》　後拾遺のあたりさまよふ秋のこころに

Ⅷ　麒麟玲瓏

秋風《しうふう》に思ひ屈することあれど天《あめ》なるや若き麒麟の面《つら》

銀木犀の小枝さし入れうつしみの外耳《ぐわいじ》てふおそろしき空隙《ヴアカンス》

蜜欲りてけはしき快癒あかつきの夢の甍を鶺鴒ありく

冬の石榴甘し見るともなく見しは醫師が醫師刺すイタリア映畫

かたかげに花賣車下積みの榊かをりて遠流《をんる》のごとし

文藝の昨日《きぞ》すらあやふ　わすれぐさこのあけぼのに初花そよぐ

天正十年六月二日けぶれるは信長が薔薇色のくるぶし

鐵鉢に百の櫻桃《あうたう》ちらばれりあそびせむとやひとうまれけむ

ここよりは時間かすみて劉生の麗子の插頭《かざし》なる白木槿《しろむくげ》

IX　死の香の音樂

一九七八年七月朔日＊エリック・サティ忌に

無能無才にしてつながれる二筋のひとすぢは詩といへど　蜉蝣《かげろふ》

雄物川みなぎる夜と思ふにも白桃の臍《ほぞ》ほのかなるかな

玉蟲買ひて吾子《あこ》は晩夏のちまた行くわれにも一つ〈死〉を買ひ戻れ

いくさとは忍ぶる戀の爆發と思へ石榴を眞二つに割《さ》く

みなづきここに盡くこなごなのシャンデリアより靜脈のごとき電線

X　詞華狼藉

罌粟枯るるきりぎしのやみ綺語驅っていかなる生を寫さむとせし

大和櫃原雲梯《うなて》の町に父の墓ありとぞゆきのした散りまがふ

火の星のふふめる酸味　晩秋のこころ病みつつたましひ遊ぶ

まづしくて男かがやく音樂堂前に一尾の鯔《ぼら》ひつさげて

『歌人』抄

I　今日こそ和歌

詩歌變

柔道三段望月《もちづき》兵衞《ひやうゑ》明眸にして皓齒一枚を缺きたり

ポプルス・エウプラティカ、琴懸柳《ことかけやなぎ》てふきららかに志の刃こぼれ

朱の硯洗はむとしてまなことづわが墓建てらるる日も雪か

黄道周遊記

夏あきらかに翡翠が歩《あり》く夕星《ゆふづつ》の息ひそめたるその水の上

百合の木の花明りして日日《にちにち》に細るわれよりも美食の禽《とり》

はたと片陰にてゆきあひしひとの妻と干鰈《ひがれひ》のこと西行のこと

孔雀めざめたり群青の花よりも輕く一瞬虚空にあそび

針魚《さより》の腸《わた》ほのかににがしつひにしてわれに窈窕たる少女《をとめ》無き

蠅の王わが食卓の一椀の毒ほのかなる醍醐を狙ふ

杏仁傳說

私淑とは師に遠離《とほざか》る口實のひとつ　天邊《てつぺん》に棗熟れをり

青鳥變

夏至はこころの重心ゆらぐ「わたつみのいろこの宮」の切手舌の上《へ》

夏の鷹鼻梁するどしわが狙ひゐる領域の詩の眞上にて

人生の華あげつらふ兄とゐて兄の足下の茶羽ごきぶり

II　詩魂縹渺たり

天衣

さみだれの沖なりけれど枇杷色の少女艀《はしけ》の上驅け移る

猩猩

たましひに齢《よはひ》ありとや一つ見し夢あはつけし痲刈る夢

花月

踏み出《いだ》す夢の内外《うちそと》きさらぎの花の西行と刺しちがへむ

Ⅲ　反・反歌

戀淋漓

エミール・ガレ群青草花文花瓶《ぐんじやうさうくわもんくわびん》欲りすたとへば父を賣りても

高熱の昨日《きぞ》ゆめうつつ十月の辭典に豸偏《けものへん》こぞりたつ

青年の鍵裂きの肩くちひびく二月の惡漢小説《ピカレスク》はじまらむ

たれかは

夏雲雀こゑほそりつつ梁塵祕抄傀儡女《くぐつめ》の一人「たれかは」

おそろしき隣家寒夜に移り來てすぐ花鳥圖《くわてうづ》のバス・タオル乾す

父は悲愴なりとや春の夜の薄荷倉庫が薄《うす》き光をはなつ

沈鬱皇帝

人戀ふはあやむるに肖つ洗はれて皮膚漆黑に冱ゆる野の馬

星變

晝星の毫毛《がうまう》のきずあらはれて硝子板ふはりと倒れたり

人の喜劇ばかり見て來しひととせの或日咫尺《しせき》にこほれる瀑布

最弱音《ピアニシモ》に耐ふるわかもの含羞のうすべにに弦樂四重奏果つ

秋風のすみか

思ひいづるおほかたは死者篠原に野分《のわき》いたりてしまらく遊ぶ
明日はあとかたもなからむみじか夜の淡雪羹《あはゆきかん》とよそほへる母

『豹變』抄

星夜絶交

日向灘いまだ知しらねど柑橘の花の底なる一抹の金

男やさしき二月の巷一塊の海鼠藁《なまこ》もてつらぬきにける

垂櫻《しだれざくら》の一枝かすかに石に觸る絶交ののちみまかりし友

人を愛せずきさらぎ彌生　みなづきの林中にすみれ色の空蟬

菓子屋「閑太」に人一人入りそのままの長夜星よりこぼるる雪

蜃氣樓

夏風邪にくちびるかわく蜃氣樓《かひやぐら》見しおもひでのあざやかにして

歌にほろぶる

少女千草眩暈《げんうん》きざす藥種店うすくらがりに百のひきだし

かつて孔雀を見しはいつの日雲母《きらら》なす霙のなかをわれらあゆみつ

燧灘《ひうちなだ》夢みしのみにおとろへて朝寢朝粥そのなづながゆ

歌人豹變

歌のほかの何を遂げたる　割《さ》くまでは一塊のかなしみの石榴《ざくろ》

寒旱移轉の荷よりころげ落ちて白し『月下の一群』その他

豹變といふにあまりにはるけくて夜の肋木のうへをあゆむ父

たましひ奔る

ドストエフスキー絶えて讀まざる安らぎのいはば麥秋の香の壯年

たとへば詩魂

こころざし同じうせしがにくしみの始め　燦たり夜の花水木

柿の木のほかに樹知らず仲人はジャン・ジャック・ルソーを褒めちぎる

蕗むきつつおもふべきことならざれど馬の赤血球七百萬

蜜柑色てふことばほろぶれ兄《え》が弟《おと》の洟《はな》かんでやるこの夕明り

杉の花天《そら》にみちつつ　反歌てふ透明の檻あればわれあり

歌をおもへば

不肖とは天に肖ざるを火の秋の青うすうすと若狭の杉津《すいづ》

皇帝圓舞曲

黄ばみたる古代地圖「夏《か》」の上にしてあへぐは二十八星天道蟲《にじふやほしてんたう》

きぬぎぬのきぬのうすべに拂曉にはつかに見えをりし湖畔亭

『詩歌變』抄

戀のかぎり

たましひの聲にしたがふわが生のなかばうすあかねの空木嶽《うつぎだけ》
ラクリマ・クリスチ舌の根に沁みたまきはる命にむかふものは何
詩歌變ともいふべき豫感夜の秋の水中《すいちゆう》に水奔るを視たり
霜月二日花崎遼太出奔すたしかに塋域《えいゐき》にきらめくもの
臘月の月光うつそみに零《ふ》れり魂魄のわだかまれるあたり
鮟鱇の口の暗黑のぞき見つなにをか戀のかぎりと言ふ
懸崖の未央柳《びやうやなぎ》をややずらし覗くこれよりさきのわが生

青疊に寢そべつて「オデュッセイア」讀む總領抹香鯨のごとし
今年の紅生薑《べにしやうが》ひややかなる紅にふとおもひいでたり諏訪根自子
死を想ふわれがうつれり晩夏《おそなつ》の新作自動車展ショウ・ルーム
いふほどもなき夕映にあしひきの山川呉服店かがやきつ

憤怒淡青

鵞肝《フオワグラ》をのみくだすわが心中に「末の松山」てふ異國あり
花冷えのそれも底冷え圓生の「らくだ」火葬爐にて終れども

異星

聖心女學院前過ぐるときわれの群青のカフス釦曇る

殺したいほど羞づかしききさらぎの驛頭の處女《をとめ》らの萬歳

流連

死の何たるかを知らしめむみどりごに麒麟麥酒《きりんビール》の泡ふく麒麟

火星ちかづく夏といへるに隣家には何ぞこの窈窕たる少女

來む世には遊女を飼ひてその中のさびしき一人「もゆら」と呼ばむ

花冷えの或る日かなしく「車」とふ文字のしくみにすらほほゑみつ

火星過去帖

花婿《はなむこ》の親友にして霜月のあからひく火星よりぞきたりし

虹顔

天使魚の瑠璃のしかばねさるにても彼奴《きやつ》より先に死んでたまるか

人血羹

銀碗は人血羹を盛るによしこの惑星にゐてなに惑ふ

枇杷の汁股間にしたたれるものをわれのみは老いざらむ老いざらむ

愕くなかれ

驛長愕くなかれ睦月の無蓋貨車處女《をとめ》ひしめきはこばるるとも

紅鶴《フラミンゴ》ながむるわれや晩年にちかづくならずすでに晩年

雨月十六夜

霜月の奈良に泊りて買ひ來しは不銹鋼《ステンレス》鼻《はな》毛《げ》剪鳥頸鋏《きりとりくびはさみ》

たまかぎる

しあはせのしたたるばかりなるまひる幽靈が向日葵の方へあゆむ

歌棄

崩御《ほうぎよ》とはかぎらざれども鮮紅の夕映ののちに何かがおこる

霜月の霜あたたかし眞處女《まをとめ》が心に孵《かへ》す劍龍《ステゴザウルス》

紅杯樂

愛人の息はげしくて掌上《しやうじやう》の石榴の龜裂《クレヴアス》を深うせり

七種粥の中のすずしろ蒼白のあけぼのにしてうるむ男體

悲愴遁走曲

思へばきざす寒の身熱わが祖《おや》は渤海を「ふかきうみ」と訓じき

露滂沱たり

いづくにか紫陽花にほふ夜《よ》の硝子倉庫が硝子はこびつくして
饗庭野《あへばの》の沖あゐねずの水たまりわれは虹の根を見とどけたり
白晝のおもへばくらき心奥《しんあう》にひとつ螢の翅ひらくさま

『不變律』抄

丙寅五黄土星八月暦

一日　金曜　先勝　土用二の丑　宮沢賢治誕生日

千首歌をこころざしけるわが生の黄昏にして夏萩白し

六日　水曜　先勝　三隣亡　原爆忌

八月六日すでにはるけし灰色に水蜜桃のはげおつる果皮

七日　木曜　友引　タゴール忌

濕熱の八月七日きらきらし今朝殺人の記事ただ二件

十一日　月曜　赤口　三隣亡

いかなる異變にも駭かず八百梅の亭主がロルカ讀みゐることも

十六日　土曜　大安　京都今熊野観音寺施餓鬼

女人は海鞘《ほや》をきざみつつあり敗戰忌四十《よそ》たびめぐるわれの敗戰

二十六日　火曜　先負　山上伊太郎誕生日　アポリネール誕生日

秋風首にふれたる氣配この朝のわが背後靈美男なりや

二十七日　水曜　佛滅　下弦　ル・コルビュジェ忌

鈴蟲の屍《し》を塵取に掃きよするわが肝膽のしづかなるとき

八月盡いらいらとして戀しきは芭蕉てふ朦朧たる存在

二十九日　金曜　赤口

惠曇

未生以前の潮の香ぞする惠曇《ゑとも》よりおくりきたりしうるめ百匹

牡丹左手に

金雀枝《えにしだ》縱橫無盡に吹かれ西行が持ちかへりける砂金三萬兩

遡行的一月曆

一月三十日　金曜　シューベルト生誕

プーランク忌の水邊《すいへん》にあらがねの自轉車と呼ぶはかなき金具《かなぐ》

一月二十九日　木曜　太陰歷元日　アントン・チェーホフ生誕

ぬばたまの晩年やわが歌ひたることの結論は「幻を視ず」

一月十七日　土曜　スタニスラフスキー生誕

なほ後《あと》を絶たざる賀狀酒場《バァ》「キキ」が今年も變らぬ愛顧を願ふ

一月十五日　木曜　セガンティーニ、橋本多佳子生誕　滿月

血紅の綾羅《りようら》なびきてあひつどふ人と成りたる怪《け》しき物たち

一月五日　月曜　岡井隆、松本たかし生誕

絕海の孤島にあらば思ひ出でむすなはち岡井隆のほほゑみ

わが心越ゆ

大盞木《たいさんぼく》の初花に雨ふりそそぎ愕然たりわれに妙齡の弟子

賣文の百枚かかへきさらぎの驛にあり片町線放出《はなてん》

西歐七月暦

七月三日　ユリヤ峠にて　海拔千二百米

迦陵頻伽《かりようびんが》に逅ひたるごとしたまかぎるリルケ讀むてふこの山男

文學の塵掃きすててなほわれの部屋の一隅なるゴビ砂漠

七月三十一日　書齋にて

わがこころ酔ふ

冬紅葉まゆずみいろに昃《ひかげ》れり晩年より百歩ひきかへさむ

短日の西あかるくて貼りをはりたる十枚の障子のちから

逆鱗

ながらふることの不思議を秋風のゆふぐれうろこぐもの逆鱗《げきりん》

既死感

母に逅はむ死後一萬の日を閱《けみ》し透きとほる夏の母にあはむ

花ならぬ花

底なき秋のゆふべとおもふ飲みくだす冷水にたまゆらの菊の香

『波瀾』抄

松花變

鉛筆のあとかどかどしわが春の素描たまだすきうねびのやま
かきつばたばらりとおけば八疊の夜半《やはん》の青疊みだらなり

歌を弑せり

夢前川夢に架かれる橋々の一つ知らねばわが歌成らず
初蟬は朴のこずゑに鳴きいでてあはれ銀箔剝がるる大空

遊虛樂

向う脛打つてひひらぐきさらぎのとある夜はしきやし眞野あずさ

花鳥百首

水は鋼の香にただよひて百首歌の夏のはじめをうたひそびれつ『されど遊星』

秋風の飛騨へ奔るこころ

秋風《しうふう》かすかに朱を帯びたりと思ふにも短歌てふかくれみのがさやさや

斷魚溪冬のみづかさ

ありあけの別れといへど父が子に言ふ斷魚溪《だんぎよけい》冬の水かさ

薔薇をやぶからしと訓みくだす天才的若者をひつかいてやりたい

こころは遊ぶ花なき峡

さくらばな一抹の銀ふふみつつこの女童《めわらべ》のひらがなことば

尾張なる一つ松の花咲く

昨日うまれて今日は歌人《うたびと》ひさかたの天網が緋の夕映掬ふ

水の瞼

水芭蕉水をはなれて明るめりわれをはなるるなき生の影

朝顔を見に立つわれや修羅の世におそろしく閑雅なるひととき

百合の樹の花がひらりと河の面《も》にそのときひらく水の瞼か

醍醐變

壮年のかくもかがやき水無月に「獨《ひとり》」てふけだものを飼ひをる

I

紅梅のあまり濃ければ「先行く」と書きのこすゆめ遺書にあらず

II

ブニュエルの亂

春服《しゅんぷく》をあつらへに行かう　霧雨を尾羽うち枯らしたる四十雀《しじふから》

I

II

銀香梅《ミルテ》剪つてそのひだり手ぞ豪華なるたまにはぼくを殺しに來たまへ

III

冬瓜《とうがん》のあつものぬるし畫面にはどろりとシルヴェスター・スタローン

戀に非ず

押入の床に月さし封筒のうらなる「鯖江第三十六聯隊」

大波瀾

I

生鮑《いきあはび》咽喉すべりつつわれ生きて「あゝ、人目を避けた數々の寶石」

たしかならざる傳聞一つ水星の水なき澤を鳴立ちしとぞ

百アールの枯野所望《のぞ》むに見えざれど一滴の血の猩々《しやうじやう》蜻蛉《とんぼ》

死のかたちさまざまなればわれならば櫻桃を衣嚢《ポケツト》に滿たしめて

＝

くろがねの

＝

泣くことも絶えてなかりき花合歡の蘂の睫毛に涙《るい》と泪《るい》の差

われを視むとしてちかづくに白珠の露ばかりなる一枚硝子

III

窈窕たり

ガリレオ忌ななめにおつる月光を阻まむとする雲の微力

冬深しふかし讀みつつ敕撰集羇旅の部にかそかなる鈴の音《ね》

殘虹篇

またや見む大葬の日の雨みぞれ萬年青《おもと》の珠實紅ふかかりき

春の夜の夢ばかりなる枕頭にあっあかねさす召集令狀

『黄金律』抄

玉藻よし

すみやかに月日めぐりて六月のうつそみ淡く山河《さんが》濃きかな

右大臣は常に悲しく「眼中の血」の菅家《くわんけ》「ちしほのまふり」實朝

復活のだれからさきによみがへる光景か　否原爆圖なり

秋扇《しうせん》の裏よりはらり散りきたるイエスの皮膚のごとき銀箔

絶唱にちかき一首を書きとめつ机上突然枯野のにほひ

望遠鏡に刹那見えたりけり沖の巨船の廚房の手長海老

春疾風《はるはやて》吹き入る堂の薄闇に歡喜天《くわんぎてん》のみ歡喜《くわんぎ》したまふ

旋風律

Ⅰ

歌ひつづけて我《が》は通さむずその昔定家も「袖より鴫の立つ」たる
木犀のやみに思へば十年來われにも一人イヤーゴがゐる

Ⅲ

氣色《けしき》ばんで向きなほれども春の夜のゴンチャロフとは飴の名なりし

いくさのごとし

英靈はげにはしきやし擧手のゆび二本帽子のふちにのこして

明日は白罌粟

百合の木を植ゑし記憶のそれのみに過去《すぎゆき》の一部分明るし

喜連瓜破驛

われには娘あらず　地下鐵谷町線喜連《きれ》瓜破《うりわり》てふ驛名かなし

碧軍派

I

さくらばなもつとも近き屋上に舐めて釘打つ若き棟梁

II

春晝の死の靜寂に一瞬間戀ふるブリキの猿のシンバル

III

アポリネールのアポロの部分ひやひやと膽石症超音波診斷

壹越調

三十三階屋上にして元旦の薔薇色の陽を私《わたくし》せむ

春曙抄

愛犬ウリセスの不始末を元旦の新聞で始末してしまつた

ロココ調

これつぱかりのしあはせに飼ひころされて今朝も木《き》苺《いちご》ジャム琥《こ》珀《はく》色《いろ》

玉藻刈る

レオナルド・ダ・ヴィンチ閑居のうすぐらき或日を想ふ籃の累卵

紅葉變　**1989年10月歌ごよみ**

8日　日　曇一時雨　六月盡より數へて百日、すなはち

よろこびの底ふかくして迢空賞うけしその夜のほとほとときす

31日　火　晴時々曇　キエルケゴールは教會墓地を意味するとか

三十一日間の日記を創作し塚本氏《キエルケゴール》は秋の風邪

渇いて候

I

青水無月男體山の岩肌を蹠《あうら》に感じつつ降るなり

かつて神兵

春夜歸りくれば三丁目の角に祕密警察《ゲー・ペー・ウー》のごとき棕櫚の木

酸漿市《ほほづきいち》ひらりと前をよぎりしは少女時代の赤染衛門

新綠變

新綠したたれる幼稚園かれらさへ生きてゐる振りが身についてきた

みぎりの翼

＝

百年後のわれはそよかぜ地球儀の南極に風邪の息吹きかけて

不敵なり

秋篠月清集巻頭の「春」の字にあゆみよりたる若き蟷螂《たうらう》

敗荷症候群

＝

山茱萸泡立ちゐたりきわれも死を懸けて徴兵忌避すればできたらう

五月うとましきかな庭のくらがりにゆらりと體言止めの牡丹

妙齡の咽喉《のど》が海芋の花に似てゐたりその一日の幸福

太秦和泉式部町

ははそはの母が掃いたる八疊に月光を入れわれは出てゆく

不易糊《ふえきのり》賣りゐるよろづ屋があるはうれし太秦和泉式部町《うづまさいづみしきぶちやう》

桃山產婦人科メスの音《おと》さやぎ除外例ある生のはじめ

たまかぎる

鮮紅のダリアのあたり君がゆかずとも戰爭ははじまつてゐる

『魔王』抄

くれなゐの朴

黑葡萄しづくやみたり敗戰のかの日より幾億のしらつゆ

秋風《しうふう》に壓《お》さるる鐵扉《てつぴ》ぎりぎりと晩年の父がわれにちかづく

わすれぐさ、わすれなぐさにまじり咲くヴェトナム以後の時間《とき》の斷崖《きりぎし》

華のあたりの

モネの僞《にせ》「睡蓮《すいれん》」のうしろがぼくんちの後架《こうか》ですそこをのいてください

還城樂

—

うつつには見《まみ》えざりしがつきかげにうつうつとして眞紅の茂吉

木星荘百階に來よ千メートル下に世界の亡ぶるが見ゆ

戀永くながくつづきて浴室のすみに屑石鹼の七彩

II

闇にやまざくら　たとへば一夜寢てめざむれば世界とうに終り……

逝きしもの逝きたる逝ける逝かむもの疾風《はやて》ののちの暗き葉ざくら

ながらへて今日の夕食《ゆふけ》にしろたへの眞烏賊《まいか》の甲府四十九聯隊

皿の鮎一尾の胸にいざよひの月の色　老いを言ふべからず

あらがねの

吾亦紅血のいろすでにうすれつつ露の篠山第七十聯隊

國のつゆ

父よあなたは弱かつたから生きのびて昭和二十年春の侘助

人に非ざる

國民年金番號四一七〇ノ二三二六　枇杷くされ果つ

＝

姉の忌に參ぜむ雨の姫《き》新線《しんせん》松花堂辨當の菜の花

明日のわれもわれに過ぎねば金雀枝《えにしだ》の金かすかなる錆を帯びたる

黑南風嬉遊曲　一九九一年五月歌暦

アルバン・ベルク四重奏團ゲルハルト・シュルツ第二ヴァイオリン　凜！

3日　金　「抒情組曲」FMにて

ダリ誕生日はわれら結婚記念日のあくる日　くたくたの白牡丹

11日　土　大安

戀の至極は死ののちにあらはるる戀　鯉の洗ひが舌にさからふ

12日　日　赤口　花外樓にて

わけのわからぬ茂吉秀吟百首選りいざ食はむ金色《こんじき》の牡蠣フライ

14日　火　佛滅　通說茂吉誕生日

先代の背後靈レジ引受けてブティック山川のみせびらき

31日　金　二代目衣更へ開業

風香調

無爲と呼ぶ時間の珠玉「未完成交響曲」逆回轉で聽く
帽子かむりなほして出づる詩歌街《しいかがい》風はおのがにくむところに吹く

悍馬樂

Ⅰ

風は甘露の香りもて過ぐすはだかのわれと群青の秋空の間《かん》
操舵室におもたき帽子おかれゐておそろしく性的なり　海は
尾花、花のごとくはあらね飛び散つて立川飛行第五聯隊

水馬《みづすまし》われを感じて菱の花飛び越せりこの三糎の悍馬

III

むかし「踏切」てふものありてうつし世に踏み切り得ざる者を誘ひき

つるうめもどきどきどきつとせしは敗戰のその冬の日の檻の丹頂

火傳書

世界觀といへど眞紅のジャケツより首出す刹那見えたる世界

千一夜

老麗《らうれい》てふことば有らずば創るべし琥珀《こはく》のカフス釦《ボタン》進上

惡友奏鳴曲

Ⅰ

天使魚が龍宮城の上空をひらり　夜店の水槽なれど

Ⅲ

レオナルド・ダ・ヴィンチの咎に算へむは水仙の香を描き得ざりし事

橘花驒

身體髮膚は父母より享けてその他《ほか》の一切は世界からかすめとる

Ⅲ

うつくしきこの世の涯へ啓蟄の蜥蜴くはへて飛び去る雉子《きぎす》

貴腐的私生活論

貴腐葡萄酒の香おもたし「私生活」といふ全くの虚構を生きて

赤銅律

Ⅰ

女體きらり男體ぎらり六月の身の影五尺　この世うるはし

屑屋の荷の隙に見えたるフィリップ短篇集『小さき町にて』待つて！

Ⅲ

ぬるま湯に寒天溶くる　百舌鳥《もず》耳原中陵《みみはらなかのみささぎ》のうへのうきぐも

碧軍派備忘録三十章

花描いて一生《ひとよ》娶らず青物商若狹屋仲兵衛長男若冲

露の國

Ⅰ

拝啓時下煉獄の候　わかくさの苦艾《チエルノブイリ》も炎えあがるべく

Ⅲ

二十世紀すでに了りし錯覺に梨畠均《なら》さるるを見てをり

なほ生きば死後も記憶にうすべにの旭川第二十七聯隊長

おしてるやなにはともあれ「月光の曲」を聴きつつ青色申告

『献身』抄

そのかみやまの

荒星《あらぼし》とはいかなる星ぞ梅雨あけてわが官能はせせらぐごとし

而《しか》して再《ま》た日本のほろぶるを視む　曼珠沙華暇の火の手

必殺奏鳴曲

一

啓蟄のわれも書齋を出づべくはこのボードレール全集が邪魔

二

雨霞《うか》雨霞《うか》と書きて萬葉假名ならぬ　蝙蝠傘《かうもり》をまたおきわすれ來つ

ヴィスコンティ論半ばにて蠶豆が茹であがり　半死半生の青

Ⅲ

蹌踉とかへりついたる書齋には四季咲きの詞華集の森林

苦艾遁走曲

Ⅰ

われにもなほ行手はありて初蝶がとまる疾風《しつぷう》の上にとまる

燈を消せばはや不穏なる雛壇に官女うかがふ鬚の隨身《ずいじん》

人を憎みつつ愛しつつ宥しつつ車折《くるまざき》神社前の春泥

澁谷區の澁にあくがれつつあゆむわが官能たとふれば晩春

赤貧わらふごとし

顏眞卿の楷書のごとくあゆみいづ二十六歳チェンバロ奏者

寢釋迦の肢ゆるく波うち春晝のたまゆらやきぬぎぬの愁ひ

今日はすなはち明日のなきがらほととぎす聽きし聽きたる聽かむ死ののち

金冠蝕

飛ぶ鳥のあすか少女《をとめ》が弓持つて武者ぶるひせり帶解《おびとけ》の驛

葱花輦奏鳴曲

ここにかすかに生くるものあるあかしとて萬緑を發つ銀蠅一匹

I

李百

露草の腊花《さくくわ》にほひて眞夜中の映畫の底のリリアン・ギッシ

望月遁走曲

II

木耳《きくらげ》の學名アウリクラリアは「耳翼《みみたぶ》」、きみのそれの齒ごたへ

不來方

われ思ふゆゑに汝《なれ》ありしを想ふ血潮華やかにてのひらの創《きず》

獻身

Ⅰ

夕霰鼻梁を搏ちて心にはぬばたまのクロイツェル・ソナタ熄《や》む

Ⅲ

天秤の分銅すこしづつ足せどわがたましひのかるみ五瓦《ごグラム》

獻身のきみに殉じて寢《い》ねざりしそのあかつきの眼中《がんちゅう》の血

『風雅默示録』抄

百花園彷徨

定家三十「薄雪こほる寂しさの果て」と歌ひき「果て」はあらぬを
露のあけぼの霰のまひる 凩《こがらし》 のひぐれ　世界は深夜にほろぶ
あけぼののこゑいんいんとおそらくはきのふちりえざりし花のこゑ
桐の花それそのあたり百代《はくたい》の過客《くわかく》が伏眼がちにたたずむ

五絃琴

時間の死てふものあらば山科區血《ち》 洗池町《あらひいけちやう》 寒の夕映

天網篇

梔子《くちなし》のにほひよどめる裏庭へ還りきぬわが戀の奴《やつこ》が

中有に寄す

＝

無用ノ介の明眸ひとつ　星月夜にはかにかきくもり梅雨《つゆ》至る

花など見ず

森羅萬象細斷《こまぎれ》にする凶器なり三十一音律の刃の冱え

悲歌バビロニカ

I

罪産と誤記して消さず伯父が棲む東大阪市字横枕

莫逆

二十世紀末春泥のナポリにて雲井の雁とすれちがひたり

窈窕たりしか

遁走曲《フーガ》若衆《わかしゆ》、風雅和歌集　人生をかへりみば水の底の紅葉《もみぢ》よ

露の五郎兵衛

I

くちびるを觸れむとしつつつつきはなつ大寒ぬばたまの黑牡丹

無用なればこそかんばしき青葉町二丁目、麪麭屋《パンや》さんのもみあげ

夭折のその肖像のまなじりに金粉を　右大臣萩の實朝

II

艷笑落語聽く會果てて夕顏のあかときのうしろすがたの女人

III

殘生はふてぶてとして立枯るる寸前のアメリカ背高泡立草

反ワグネリアン

孔雀飼ひはじめたりと父の初便りああ死の外《ほか》に飼へるはそれか
すみやかに過ぎゆく日日はわすれつつ白魚が風のやうにおいしい

滄桑曲破綻調

II

鷗外は「だつた」を嫌ひ「であつた」を選びき　茘枝熟るる五月

III

木星は森林浴の樅の香をつたへてわれの夢ふかみどり

葛原妙子の侍童ならねど胸水の金森光太　そののちいかに
寝臺はある日突然屍《し》の臺とならむしろがねに散るやまざくら

『汨羅變』抄

世紀末風信帖

戀はこころの痙攣に過ぎざるなりと言ひすてつ猩猩緋の寒茜

萬緑の毒の緑青なにゆゑにどの山もみな男名前か

體重にいのちのかるみ加はりて空鞘町《そらさやちやう》の夜半《よは》の初雁

二十一世紀われらは惑星の枯山水を見つつ渇くか

還らざりし英靈ひとりＪＲ舞鶴驛につばさをさめて

曼珠沙華こころに描く金泥の雄蘂ひしめきあひつつ深夜

帝王風に肥れる父よ曙の後架までぼくの肩を貸さうか

風流野郎

椿一枝《いつし》ぬつと差出し擧手の禮嚇《おどか》すなこの風流野郎

ほととぎす啼け　わたくしは詩歌てふ死に至らざる病《やまひ》を生きむ

低血壓のせゐとつぶやき智能犯きみは枕を低くして眠《ね》る

山河《さんが》のこゑこもれるごとし井戸深く寒の紅葉《こうえふ》を沈めたれば

伯樂吟

泥濘《でいねい》落花に埋《うも》れ「歴史は人類の巨大な恨みに似てゐる・秀雄」

春寒の摩天樓より人墜ちて何のひびきもなし　墜ちなほせ

青嵐變奏曲

髪そよぐガザ美容院十人の人妻が電氣椅子に目つむり

還俗遁走曲

ブリューゲル「バベルの塔」圖　ここならば優に一萬世帯は棲める

望月六郎太

朴の花中有《ちゆうう》ににほひ夭折の死のきはのこゑたれにも聞こえぬ

バベル圖書館

みどりごの顳顬《こめかみ》、そこに第六次元の發信基地などあらぬ

I

茴香酒《ういきやうしゆ》やや效きそめつ「最愛の女」を語るなら玉鬘

III

バベル圖書館目錄百一巻が欲し愛人の眼を擔保にしても

泪羅變

『詩魂玲瓏』抄

宮刑時間

今朝の朝明《あさけ》　目玉卵の兩眼がつぶれゐきわがこころいたし

杞憂曲

とりがなくあづまえびすのエディターが讀みさしの「椿說弓張月」

月耀變

――風月百首

月光菩薩背此方《そびらこなた》へ向け給へヴァージンオイル塗りまゐらせむ

擁くやかたみの鎖骨觸れあふうつしみに星合といふ寂しき儀式

涅槃西風《ねはんにし》　うすくれなゐの大理石抱きてはこべり若き石工は

死さへ情婦となしたる父か籐椅子をはみだして四肢のその萱草色《くわざういろ》

昭和永すぎたりき四月の獸園にさびしき豹が皿ねぶりゐる

II　雨月百首

抒情の情つねに淡淡たるきみに遠方《をちかた》の栃咲いて散るなり

縞蛇の縞目みだれてわたくしとわれのあひだの音信杜絶

人妻が木通《あけび》啖へるくちもとのしみじみ摩訶不思議の霜月

III　無月百首

麒麟老いて雲啖ひをり人間に生れかはらむとなどするなゆめ

慘然たりエリック・サティ春曉の冷凍冷藏庫内の音樂《ムシカ》

空心町も角の紺屋《こうや》も消えうせて大阪はくづれはじめてゐた

死ぬまでの否生《あ》れかはるまでの生　夜の玩具市あかあかと悲し

世界の端の端のジパング、その端のわが家の端の合歡《ねむ》の蜘蛛の巣

妻がいささかの趣向の點心の衣被《きぬかつ》ぎ、わがゆびもて脱がす

みづすまし久しく微動だにせねば鐵色の水の邊をたちさらむ

琴線炎

寒夜、舟歌くちずさむさへさびしきを父が萱草色《わすれぐさいろ》のパジャマ

戀の座

西王母《せいわうぼ》椿に香りありりやと顔寄する髭・鬢・髯の莫逆の朋《とも》

『約翰《ヨハネ》傳《でん》僞《ぎ》書《しよ》』抄

I

約翰傳僞書《ヨハネでんぎしよ》

I

胸奥《きやうあう》の砂上樓閣・水中都市ことばこそそのそこひも知らね
銀河鐵道軌道《レイル》錆びつつジョバンニとは約翰傳《ヨハネでん》甘つたれのヨハネ

II

ありし日の「し」こそ眞實、刎頸の友消えうせて形見の長靴
すがすがし伯母は司祭の繼母の姉の連子《つれこ》の子守の姪

音樂寺

梢《うれ》にひしめくは青棗《あをなつめ》　ぬばたまの晩年にこそ生は明るめ
煙管《きせる》に詰める「撫子《なでしこ》」一つまみこれで畢《をは》る大日本帝國への戀

ネロ忌

櫻桃處女《あうたうをとめ》ますぐにあゆむすがた佳しいかづち眞上より隕ち來《きた》れ
ずいと夏に入る法隆寺くらがりに天衣《てんね》の胸がゆるやかすぎる
ゆかずもどらぬ娘二人をしたがへて獻血にゆく　卯花腐雨《うのはなくたし》
空蟬をにぎりつぶして目つむればこの世のとどのつまりの響き

秋風のすみかの扇　曙は胸をゑぐると言ひしランボォ

ことごとく野火に死に絶えたりけりな萬葉假名の萬の「蟋《こほろぎ》」

あけぼのの夢の出口を彩りてはつかに青銅《あおがね》の香の秋風

ギロメス酸歌

I

水蜜桃とりおとしたり廣島の滅裂の市街地圖の眞上に

III

山川呉服店先代の石碑《いしぶみ》にしがみつく珈琲色のうつせみ

稀には死を念ふ　その刻たましひの袋小路に零《ふ》る松の花

詩歌何なる

世界畢《をは》るべし曼珠沙華百莖の痙攣《ひきつ》るるぬばたまのくれなゐ

變亂豫兆

卵管の徑2ミクロンその中を潛つてミケランジェロも生れき

涙湖氾濫

—

あかがねのにほひはためき大揚翅蝶《おほあげは》たてりき永久にわれ異邦人

秋水《しうすい》今朝はかすか濁れど牧野信一讀む前の渇きを癒やす

II

緑青歌篇

戀も終局なり新緑の緑青の毒しんしんと身邊に滿ち

無賴族

沈丁花香りつつかつこぼれつつ捨つるには愛し過ぎたり「歌」

貫之を讀みなほしつつ他界なる夜の水底の紅葉《こうえふ》が見ゆ

魔笛

II

餘情妖艶などは好まずわが歌の切れ目はつねに火の匂ひせよ

戀人の睫毛《まつげ》ふれあふひびきとも夕風に銀木犀が散る

神國の餓歌

I

いかに唇を閉ぢをらむ魚玄《うをげん》の冷凍庫內下積みの鱚《きす》

Ⅲ

骨

おそらくはつひに視ざらむみづからの骨ありて「涙骨《オス・ラクリマーレ》」

交響樂「ジュピター」

十二神將中の一將はつかにも少年のにほひあり夏至眞晝

秋の蝶吹かれ吹かれて新發田《しばた》第十五聯隊跡の空地

綠金調

玩具函《おもちゃばこ》のハーモニカにも人生と呼ぶ獨房の二十四の窓

窮極は言葉に背きつづけつつ歌人たり　水無月の初霜

眩樂三重奏曲

ホースの眞清水がぢりぢりと斷崖《きりぎし》にくれなゐの野火を追ひ詰めつ

解説

尾崎まゆみ

時代の最先端にいて様々な分野で活躍する歌人は多い。塚本邦雄もその一人。寺山修司、岡井隆らとともに短歌に新風をもたらし、古典から現代短歌までの流れを遡って美学などを短歌に取り入れた歌人は、小説家としても活躍。アンソロジーの名手でもあるので、小説家やアンソロジストとしての塚本邦雄に、先に出会った人もいるだろう。

私もその中の一人。進学のために故郷を離れた一九七〇年半ばは、塚本邦雄ブームだった。周囲の学生たちは塚本邦雄に憧れていて、高田馬場駅近くの書店の棚には、『戀　六百番歌合―《戀》の詩花對位法』（上・下）などの著作がずらりと並んでいた。そんな恵まれた環境のなかで小説『紺青のわかれ』の煌めく言葉の迷宮に迷い込み、『古今和歌集』のレポートを書くときは、日本詩人選『藤原俊成　藤原良経』を参考文献として読み込み、当時書店に並んでいた『青き菊の主題』以外の歌集は、友人に借りたり、図書館などで読み耽っていた。

恋について

塚本邦雄は、語割れ、句跨りなどによる韻律の変革や、美学を感じさせる言葉の魔術師として語られることが多い。歌集を紐解けば、言葉を機能させる歌など百花繚乱。目くるめく語彙の豊かさと、博覧強記が背景にある歌は、視覚、聴覚、嗅覚、触覚、味覚の五感のうち主に、聴覚（韻律）と視覚（喩）を刺激する。けれどそれは技法の話。私は、その技法によって創られた恋歌に、魅了される。

馬を洗はば馬のたましひ冱ゆるまで人戀はば人あやむるこころ

『感幻樂』「花曜」（貳の章）

例えば、三島由紀夫が「馬の薄い皮膚の絶妙のデッサン」と絶賛して、有名になった短歌のなだらかな言葉の繋がりは、心地よいけれど立ち止まって意味を考えると、胸に刃を突きつけられ決断を迫られているような凄みがある。川辺だろうか、馬を「たましひ冱ゆるまで」無心に洗う。水の冷たさに身は引き締まり、馬の皮膚の手触りを確かめながら、その中にしまわれているはずの馬の魂も洗っているような緊張感が伝わってきて、張り詰めた心の見える情景のあとに、人を恋しいと思うなら、人を「あやむる」覚悟をもって徹底的にと続く。「あやむるこころ」のうしろには激しい情熱があり、それは馬と乗り手との間に芽生える恋として、馬の皮膚の手触りと共に蘇り、薄い皮膚を隔てて無垢な魂が、感じられてしまう。「たましひ」が冴えわたるまで無駄なものをそぎ落とした短歌からは、たった一人への恋心ではなく「恋」という感情の持つ圧倒的な力が伝わってくる。
塚本邦雄は前衛短歌の旗手と呼ばれているが、前衛とは、古典を再評価することでもあるらしい。初句七音の歌謡の韻律を取り入れて、「恋」とはただ一人への恋というよりも魂を乞い願う、つまりこがれる心だろう、このように「恋」という心の状態をヒリヒリするほど突き詰めて定型によって表現するところに惹かれる。

愛戀を絶つは水斷つより淡きくるしみかその夜より快晴　『星餐圖』「わが汨羅」(傷寒論)

鮟鱇の口の暗黒のぞき見つなにをか戀のかぎりと言ふ　『詩歌變』「戀のかぎり」

恋は、主題のひとつのようでどの歌集にもさまざまな比喩とともに現れる。「水斷つより淡きくるしみ」に、失恋の苦しさを思い出し、深海魚である鮟鱇の口中に広がる暗黒に吸い込まれそうになる。そう、恋は、ブラックホールのように限りなどないと、「戀のかぎり」に託された思いが怖いほどの迫力で迫ってくる。憎しみと表裏一体の恋は、短歌へ寄せる思いでもあるのだろう。「和歌」の時代から「もののあはれ」を引き寄せる力が恋歌にはあり、詩にとって大切な「恋」の本質を見極めようとした塚本邦雄は、和歌から「恋歌」という宝物を受け取って極めた歌人。そんな構図が見えてきて楽しめる。

完本について

まず『水葬物語』を選んだ。第一歌集には作者のすべてが閉じ込められているとよく言われるが、長い間幻の歌集だったので、その名前に出会って十数年後、どこにもなくてどこにでもある寓話のような歌集を通読した時の驚きは、忘れられない。

ゆきたくて誰もゆけない夏の野のソーダ・ファウンテンにあるレダの靴　『水葬物語』「寄港地」（粋な祭）

一目ぼれとでもいうのだろうか「ゆきたくて誰もゆけない」に、心を揺さぶられた。「行きたいけれど誰も行けない場所」とは、もう二度と戻れない記憶の中の風景だろう。大切に心の奥に仕舞っていた記憶を目覚めさせる言葉の強い力を感じる。「夏の野」と、粋な外来語「ソーダ・ファウンテン」は、ギリシャ神話の登場人物「レダ」の持つ謎めいた物語を鮮やかな映像にして手渡してくれるのだが、戦後の混乱期の人々の悲しみを詰め込んで生まれた歌なので、甘酸っぱい郷愁だけでできているわけではない。

革命歌作詞家に凭りかかられてすこしづつ液化してゆくピアノ　『水葬物語』「未來史」（平和について）

短歌は、五七五七七の定型詩。その定型に従って読むと「革命歌・作詞家に凭り・かかられて・すこしづつ液化・してゆくピアノ」となり（語割れ句跨りという手法）とどまりながら流れるような韻律と、「液化してゆくピアノ」という比喩の巧みさによって、すべてが液化して別のものに自在に変化してゆく世界が見えてくる。「液化してゆく」とは貧しいけれど今からがはじまりだという思いを秘めた、敗戦直後の実感だったのだろう。韻律と比喩がその実感を体現するために磨かれてゆく過程が瑞々しく描かれていて色褪せないので完本として選んだ。

そう、「あとがき」に記されている「韻律の陶酔から正しくめざめ」るために必要な、韻律の変革への強い意志と、「感傷なき叡智」を表現するための比喩への思いが鮮やかにあり鎮魂への思いがあふれだすのだ。

もう一冊の『日本人靈歌』は、第三歌集。架空の物語の中で、新しい短歌を目指して方法論を極めようとした『水葬物語』と、同時代の歌人たちとの交流が始まり、現実を見つめた「一人の人の姿の見える二冊目の歌集『装飾樂句《カデンツァ》』を経て、時代の感情を現実よりもリアルに捉えようとしている。

日本脱出したし　皇帝ペンギンも皇帝ペンギン飼育係りも

『日本人靈歌』「嬉遊曲」

例えば巻頭歌には「皇帝ペンギン」と「皇帝ペンギン飼育係り」しか登場していないが、動物園のペンギンの檻が見えて、「日本脱出したし」が切実。檻の中の風景に戦後日本の状況を重ねているのではないかと深読みをしてしまうところも、跋文に記された「時間と空間をこえたリアリティをもつて今日の現實の世界に参加しようと試みた」成果だろう。句跨りが屈折した心情を体現している。一九五六年から五八年までの二年間の作品四百首を編輯。五十首を一章として八章で構成し、連作の可能性も追求しているので、完本とした。

幻を見る方法　韻律と比喩など

『緑色研究』跋の一節「短歌といふ定型短詩に、幻を見る以外の何の使命があらう」は、塚本邦雄の短歌を語る時よく引用される。そういえば恋も実態のない幻とも言えるので、実態はないが確かに存在するものを表現するのが使命と言い換えても良いだろう。

まず、本歌取りや言葉のコラージュなどで言葉の持つ意味や感覚を極限まで追求し、幻を如何に見せるかを意識している短歌について。

雉食へばましてしのばゆ再《ま》た娶りあかあかと冬も半裸のピカソ　『緑色研究』「革命遠近法」（黄昏遠近法）

「雉食へば」から始まる作品には、『水葬物語』の跋に記されている「批評としての風刺」と「ロマンへの誘ひ」がある。『万葉集』五巻山上憶良の「瓜食めば　子ども思ほゆ　栗食めば　まして偲はゆ」から始まる長歌を本歌として、過去の情景と心情を呼び出し、今、目の前にある雑誌の写真だろうか、スペイン生まれの画家「ピカソ」を嵌めこむ。本歌取りと言葉によるコラージュは、古典と現代の、そして日本文化と西洋文化との往還。言葉の持つ意味や感覚をどのように見せるかを意識して、時代の雰囲気を官能的に見せながら読者をロマンへと誘うのだ。本歌取りは、本歌の心を大切に保存し、さらにそこに自分の思いを重ね合わせて、作品の背景に奥行きをもたらしているのがわかる。

そう「幻を見る」とは曖昧な言葉だが、音は見えないけれど存在するように、見えないけれど、心や情景の背後にある気配や時代の雰囲気などを察知して、言葉によって掬い上げ、短歌とすることでもある。

ほほゑみに肖てはるかなれ霜月の火事のなかなるピアノ一臺　『感幻樂』「羞明」

その際、言葉の持つ音や言葉の醸し出す韻律が重要な役割をはたす。塚本邦雄は、『緑色研究』で西欧的美の概念を基礎に築いた堅牢な文体が完成すると、次の『感幻樂』ではしなやかさと艶めきを加えるために歌謡の韻律を取り入れる。二冊の歌集を続けて読むと「歌謡」のもたらすしなやかな韻律と西洋の楽器「ピアノ」、二つの世界を行き来して、愛唱性を持たせながら、体言止めによって言葉をせき止め、韻律と、世界観を更新する過程が見えてきて興味深い。

描写について

初蝶は現《あ》るる一瞬とほざかる言葉超ゆべきこころあらねど　『閑雅空間』「太陽領」

もうひとつ触れておきたいのは、情景描写と心情表現について。初蝶の描写には言葉と心の関係が鮮やかにあり、上句の情景と下句の心理が、補い合いながら、つくりあげた短歌は言葉と心が追いかけっこをしているような心情の揺れまで見せてくれる。

塚本邦雄は、「言葉派」と呼ばれている。「言葉派」は、言葉からヒントを得て短歌を創る、実人生を語らない、日常使われる伝達が目標ではない詩の言葉を使用するなど、さまざまな意味合いで使われているが、言葉の内側には言葉を使った人々の記憶が積み重なっていることを知っていて、その記憶を大切に、言葉を用いる人のことではないだろうか。例えばこの作品の「涙骨《オス・ラクリマーレ》」のように。

おそらくはつひに視ざらむみづからの骨ありて「涙骨《オス・ラクリマーレ》」　『約翰傳僞書』「Ⅲ」(骨)

第一歌集の頃から続く技法の実験は、晩年の『約翰傳僞書』にも存在していて、状況などを言葉によって描写し、そこに感情をすり合わせるのではなく、「涙骨《オス・ラクリマーレ》」という言葉そのものの感情を探り、

「涙骨《オス・ラクリマーレ》」と呼ばれるものに私の感情を乗せている。

見えるはずのない自らの涙骨を眺める歌の、静謐な雰囲気は、「おそらくは」と不確かな言葉からはじめたところに生まれて、「みづからの骨」にすべてが色あせてゆくようなかなしさが、じんわりと染みる。そののち「涙骨《オス・ラクリマーレ》」の支える涙嚢にたまる涙のように、透き通った寂しさがしたたってくる。「幻を視る」とは現実の孕む真実を明らかにすること。

韻律の改革と、批評の精神「感傷なき叡智」を実現するための比喩によって生まれた作品を通読すると、ゴージャスから雅、さらに綺麗さびへと移行しながら、韻律を極めようとした歌、コラージュや比喩によって、五感を刺激する歌などが、くっきりと立ち上がり、どの短歌からも表現したいという強い思いが伝わってくる。

華やかな前衛の呼び声が目立たなくなり、ふと気の付いたときに、それを通過する前とあとでは表情が異なっていた――という在り方で、あなたの仕事は地を太らせていることであろう。

斎藤史「喩の刺繡者　塚本邦雄氏の近作について」「短歌」一九六二年十月号

斎藤史の予言のような文章は『緑色研究』に収録された歌に触れてのもの。塚本邦雄の短歌を通過したあと自らの心を覗いてその予言が当たっているかどうか、確認するのも一興。

この歌集をより楽しんでいただくために参考として『水葬物語』から『約翰傳僞書』までの二十四冊の序数歌集の流れを七期に分けて、簡単に辿っておきたい。

第一期

1『水葬物語』一九五一年　メトード社　どこにもない場所で繰り広げられる鎮魂

海底に夜ごとしづかに溶けゐつつあらむ。航空母艦も火夫も
「水葬物語」（アルカリ歌章）

無国籍な空間をつくりだし、その中でさまざまなタブーを開放する試みによって歌集に閉じ込めた鎮魂の調べがあふれてくる。歌集の背後に戦後の社会状況（オキュパイトジャパン）の実景が重なって見えてくると、指摘したのは小高賢さんだった（二〇一〇年、玲瓏二十五周年全国の集ひ　於）。戦後の検閲を逃れるためにこの操作が必要だったのだろう。扉に「亡き友　杉原一司に獻ず」と記されている。

2『裝飾樂句《カデンツァ》』一九五六年　作品社　見るとは感情の背景を描写すること、逆年順

五月祭の汗の青年　病むわれは火のごとき孤獨もちてへだたる
「惡について」

戦後を自己の状況に引き寄せて表現している。固有名詞、数詞など、名詞の使い方の斬新さが特徴なのだが『裝飾樂句《カデンツァ》』は「見る」「生む」「喰ふ」など本能に関わる動詞がかなり目立つ。岡井隆によって療養歌集と名付けられた。

3『日本人靈歌』一九五八年　四季書房　時代の感情を見せて、イメージを補強する

突風に生卵割れ、かつてかく撃ち抜かれたる兵士の眼　「死者の死」

「時間と空間をこえたリアリティをもつて今日の現実の世界に参加しようと試みた」、「短歌に於けるイマジズムの可能性をためした」と跋に記された試みの実りだろう。短歌は日本人の「永遠のスピリチュアル」。第一期の三歌集を続けて読むと、戦後日本で生きる人間の状況と、その思いが、立体的に浮かび上がる。

第二期

4『水銀傳説』一九六一年　白玉書房　成り代わりの物語。人間あるいは世界を構築するもの

燻製卵はるけき火事の香にみちて母がわれ生みたること恕《ゆる》す　「水晶體」（花式圖）

燻製卵は、生と死は背中合わせであることの具象として置かれているのではないか。ランボーとヴェルレーヌに成り変って創られた連作は壮大。本歌集の「黄色自治領」を発表した幻の同人誌「極」は一九六〇年創刊。岡井隆、寺山修司、春日井建、菱川善夫、安永蕗子、山中智恵子、秋山功、浜田到などが同人として参加した。

5『綠色研究』一九六五年　白玉書房　西洋文化とのせめぎ合い、言葉で創り上げた堅牢な城

五月來る硝子のかなた森閑と嬰兒みなころされたるみどり　「綠色研究」（綠青編）

「もともと短歌といふ定型短詩に、幻を見る以外の何の使命があらう。（中略）韻律は、啓示の呪術性の無上の官能的効果として、離れがたく存在する恩寵である。（中略）」

この有名すぎる「跋」は覚えておきたい。『緑色研究』は前衛短歌の最高峰と言われている。十五年後に自選自註『綠珠玲瓏館』が刊行。

6『感幻樂』一九六九年　白玉書房　記紀歌謡、調べの復活。歌謡のたおやかな韻律

馬を洗はば馬のたましひ冱ゆるまで人戀はば人あやむる心　「花曜」（貳の章）

「煉獄こそわが生誕の地であり、終の栖であつた。」跋はこの言葉で終わる。背景に七〇年安保前夜のエネルギッシュな時代の感性が見える。「聖・銃器店」と「花曜」を完全収録。

戦後日本の次に浮上してくる主題は、人間について、恋が浮上する。第二期の三冊は装丁も塚本邦雄が手がけている。一九六八年澁澤龍彥責任編集の「血と薔薇」に「悦樂園園丁辭典」を発表。三島由紀夫、澁澤龍彥との出会いが、小説を書くきっかけとなったのかもしれない。

第三期

7『星餐圖』一九七一年　人文書院　超絶技巧。初の小説集『紺青のわかれ』出版

青年にして妖精の父　夏の天はくもりにみちつつ蒼し　「I　星想観」（漾へ）〔音樂は歇みたり〕

「青年」ではじまる。ライバル岡井隆と、三島由紀夫に捧げると、塚本自身が跋に書いている。短歌の完成度の高さが際立つ歌集。ほとんど同時に『紺青のわかれ』を出版して小説家デビューしている。岡井隆著『辺境よりの註釈』はこの歌集の注釈書。

8『蒼鬱境』一九七二年　湯川書房　私家版

三十首のみ三島由紀夫と岡井隆に捧げられた私家版歌集。

9『青き菊の主題』一九七三年　人文書院　鎖歌と、小説のコラボレーション

青き菊の主題をおきて待つわれにかへり來よ海の底まで秋　「網膜游行」

最初に小説が置かれて、鎖歌が続く。美しい装丁につつまれた小説と短歌のコラボレーション。「青き菊」は後鳥羽院を主題にした小説『菊帝悲歌』を呼び出す。

第四期

10『されど遊星』一九七五年　人文書院　執筆に専念

散文の文字や目に零《ふ》る黒霞いつの日雨の近江に果てむ　「星」

言葉遊び的な錯覚を楽しみ、文字を黒霞にたとえて雨を呼び出すなど、楽しい歌がさりげなく存在している。出身地である近江と塚本自身の姿も見える短歌は、今までとは違い、主体と作者が重なっていると、おおきな反響を呼んだ。この頃から、小説家、評論家としても活躍する歌人塚本邦雄という認識が広がる。

11『閑雅空間』一九七七年　湯川書房　人の記憶は言葉の肉『茂吉秀歌『赤光』百首も出版

夢の沖に鶴立ちまよふ　ことばとはいのちを思ひ出づるよすが　「現代閑吟集」

「夢の沖に鶴立ちまよふ」と、明け方の夢のはかなさと美しさを孕むイメージを見せて「ことばとはいのちを思ひ出づるよすが」を重ねると、魂鎮めのような静寂につつまれた空間が現れて、幻はリアルになる。

12『天變の書』一九七九年　書肆季節社　秋の実りを思わせる成熟度

秋風《しうふう》に思ひ屈することあれど天《あめ》なるや若き麒麟の面　「Ⅷ　麒麟玲瓏」

『閑雅空間』から『天變の書』刊行までの二年間は、奇跡の時間。アンソロジー『君が愛せし』『詩華美術館』。小説『菊帝悲歌』、など、これまで書き溜めたものを書物という形にしていった五十代後半。帯文の「短歌とは、私の言語空間、時間に、不意に現れる超自然現象」が、奇跡的な時間の比喩なのかもしれないと思いたくなるが、スプーン曲げなどが流行っていた時代。一九七六年から年一度の欧州旅行が慣例となる。「変」が現れる。

この辺りの短歌を通読するといつも小堀遠州の美意識を表す「綺麗さび」を思い出す。

第五期

13『歌人』一九八二年　花曜社　いわゆる境涯詠のような雰囲気が現れる

エミール・ガレ群青草花文花瓶《ぐんじやうさうくわもんくわびん》欲りすたとへば父を売りても　「Ⅲ　反・反歌」（戀淋漓）

エミール・ガレの群青草花文花瓶、つまり芸術への対価として血縁の父を塡めたところに、芸術至上主義が垣間見える。『天變の書』から本書までの三年間の著作の中に、自選自註『綠珠玲瓏館』と『定本塚本邦雄湊合歌集』、『百珠百華──葛原妙子の宇宙』が含まれている。

14『豹變』一九八四年　花曜社　パーツとしての言葉が創る世界

杉の花天《そら》にみちつつ　反歌てふ透明の檻あればわれあり　「たとへば詩魂」

目には見えないけれどスギ花粉の満ちている空は「透明の檻」。リアルな比喩は写実としても通用するのではないか、と思うほど親和力がある。

15『詩歌變』一九八六年　不識書院　たましひの聲　第二回詩歌文学館賞受賞　修辞を纏う毒

いふほどもなき夕映にあしひきの山川呉服店かがやきつ　「戀のかぎり」

歌誌「玲瓏」創刊準備号が初出の「戀のかぎり」三十首は秀歌揃い。六十代後半の冷徹な目があり、歌集からは、時折、短歌の現状へのいらだちや自負などが垣間見える。「山川呉服店」の登場は、鮮烈だった。単純すぎる名前に何が隠されているのではないかと話題になった。

16『不變律』一九八八年　花曜社　第二十三回迢空賞受賞　ライトヴァース

秋風首にふれたる氣配この朝のわが背後靈美男なりや　「丙寅五黄土星八月暦」

「[短歌]形式を初心に還つて極める」との帯文が印象的。「背後靈美男なりや」は日付のある歌のなかの一首。「現代短歌雁」から依頼された。

一九八五年に「玲瓏」準備創刊号刊行。同人誌（結社ではないとの強い意思表示）の主宰となり、第二回詩歌文学館賞受賞以後様々な賞を受賞、ライトヴァースの影響だろう。口語が再び前面に出てくる。

第六期

17『波瀾』一九八九（平成元）年　花曜社　虚空に遊ぶ　昭和から平成へ

春の夜の夢ばかりなる枕頭にあっあかねさす召集令状　「殘虹篇」

春の夜の夢ばかりなる手枕にかひなくたたむ名こそ惜しけれ　周防内侍

『されど遊星』で完成した様式美を少しずつ壊しながら更新するという穏やかな変容が「大葬の日」ののち平成を迎えて、覚醒したように鋭く言葉を尖らせてゆく。

18『黄金律』一九九一年　花曜社　第三回齋藤茂吉短歌文学賞受賞　肉感の漂うかるみ

鮮紅のダリアのあたり君がゆかずとも戰爭ははじまつてゐる　「たまかぎる」

口語や言葉遊びなどを用いた軽みの境地の豊かさ。戦争が前面に出てくる。ペルシャ湾岸戦争開戦直後の歌が巻末に据えられて、以後の波瀾を見据えている。跋に「戰爭も、私のこれから後の主題として、絶えず露頭するだらう。」と書き「短歌を含めた韻文定型詩は、すべて「負」を内在させてゐる。」と改めて宣言する。

19『魔王』一九九三年　書肆季節社　第十六回現代短歌大賞受賞　見えすぎるものの抱く虚無

モネの偽《にせ》「睡蓮《すいれん》」のうしろがぼくんちの後架《こうか》ですそこをのいてください　「華のあたりの」

口語や言葉遊び、俵万智以後の状況の変化を楽しみながら積極的に取り入れて、軽みの世界を体現する。そこには毒もたっぷりと含まれていて、『魔王』はエンターテインメント短歌の尖塔として評価が高い。

第七期

20『獻身』一九九四年　湯川書房　内部の悲哀が滲み出すような歌

獻身のきみに殉じて寢《い》ねざりしそのあかつきの眼中《がんちゆう》の血　「獻身」(Ⅲ)

三島由紀夫の忌日の次の日が刊行日。跋文はなく「政田岑生にこの一巻を獻ず」で畢。巻末は寂しさの際立つ友への挽歌。『獻身』には三島由紀夫への敬意と、政田岑生への思いが濃く漂っていることがわかる。

21『風雅默示録』一九九六年　玲瓏館　主題は戦争が急浮上する　刃としての言葉の冱え

森羅萬象細斷《こまぎれ》にする凶器なり三十一音律の刃の冴え　「花など見ず」

一九九五年一月以降の歌から一首。初出は「短歌研究」五月号なので、阪神淡路大震災以降の作品だろう、ただしサリン事件以降か以前かは不明。

22『汨羅變』一九九七年　短歌研究社　世界観を言葉で構築

還らざりし英靈ひとりＪＲ舞鶴驛につばさをさめて　「世紀末風信帖」

「短歌研究」一九九五年一月号から、一九九六年十一月号に連載された作品と、九七年四月刊の「玲瓏」三十八号に掲載の「バベル圖書館」が収められている。この歌集には一九九五年の阪神淡路大震災と、地下鉄サリン事件以降の世情が反映されていることになる。

雑誌連載作なので、三十首の八つの連作は、端正な構成意識を持ってつくられている。毎回四季の流れがあり、先の戦争への思いを、連作の中でパラレルワールド的に、何度も繰り返しながら、世界観を言葉で構築して、次の世界に伝えてゆく。強い意思と、深い意図が鋭い言葉の切れ目からぎらっと覗く。

23『詩魂玲瓏』一九九八年　柊書房　「歌壇」連載の作品。寂しさが残る

世界の端の端のジパング、その端のわが家の端の合歓の蜘蛛の巣　「月耀變」（Ⅲ　無月百首）

世紀末的雰囲氣。戦争体験が基本にあり、その悔しさなどを詠んだ歌や、ブラックユーモア、言葉遊びの目立つ歌を除いた後に、さびしい歌が残る。『詩魂玲瓏』の中心に「歌壇」に一挙掲載された三百首が据えられていて、闘病中だった夫人が亡くなられたのを跋の跋として小さく記している。

24『約翰傳僞書』二〇〇一年　短歌研究社　言葉が記憶している感情

胸奥《きやうあう》の砂上樓閣・水中都市ことばこそそのそこひも知らね　「Ⅰ」（約翰傳僞書）（Ⅰ）

二年半の作品があつめられていて、年ごとに作品が微妙に変化している。一九九八年から一九九九年の作品は、焦燥感に満ちた前歌集とはかなり異なり怒りは薄く、言葉を緩やかに流れに載せるような自在感が久しぶりに現れる。

本歌集には『水葬物語』以前の作品を編んだ『透明文法』から百首余り招待している。試みの過程や、言葉の好みなどが、生き生きと伝わってくるだけではなく、同じイメージを以後どのように展開させたかもわかるので、楽しんでいただけるのではないかと思う。

●主な参考文献

辺境よりの註釈　塚本邦雄ノート　岡井隆　人文書院
塚本邦雄論集　磯田光一編　審美社
言語にとって美とは何か　第1巻・第2巻　吉本隆明　勁草草房
表現の吃水　定型短歌論　永田和宏　而立書房
探検百首　塚本邦雄の美的宇宙　「液化ピアノ」から「追伸の墨」　北島廣敏　而立書房
現代短歌史　Ⅰ～Ⅲ　篠弘　短歌研究社
うたの水脈　三枝昂之　而立書房
黄金時代　寺山修司　河出書房新社

鑑賞・現代短歌 7 塚本邦雄	坂井修一	本阿弥書店
昭和短歌の再検討	小池光・三枝昂之・島田修三・永田和宏・山田富士郎	砂子屋書房
塚本邦雄の宇宙 詩魂玲瓏 現代詩手帖特集版	塚本邦雄・齋藤愼爾・塚本青史編	思潮社
斎藤茂吉から塚本邦雄へ	坂井修一	五柳書院
短歌の友人	穂村弘	河出書房新社
菱川善夫著作集 1〜10	菱川善夫	沖積舎
塚本邦雄を考える	岩田正	本阿弥書店
塚本邦雄の青春	楠見朋彦	ウェッジ
幻想の重量 葛原妙子の戦後短歌	川野里子	本阿弥書店
残すべき歌論 二十世紀の短歌論	篠弘	角川書店
コレクション日本歌人選 019 塚本邦雄	島内景二	笠間書院
わが父塚本邦雄	塚本青史	白水社
短歌時評集二〇〇九－二〇一四年 読みと他者	吉川宏志	いりの舎
私の前衛短歌	永田和宏	砂子屋書房
塚本邦雄の宇宙 Ⅰ・Ⅱ	菱川善夫	短歌研究社
レダの靴を履いて 塚本邦雄の歌と歩く	尾崎まゆみ	書肆侃侃房
塚本邦雄論集	現代短歌を読む会	短歌研究社
塚本邦雄全集 全15巻・別巻1		ゆまに書房
文庫版 塚本邦雄全歌集 全8巻・別巻Ⅰ		短歌研究社

塚本邦雄年譜

西暦(元号)年齢	年譜	短歌界の動き	社会・文化
1920(大正9)0歳	8月7日、滋賀県神崎郡南五個荘村大字川並(現東近江市)に、父塚本金三郎(明治11年生)、母すが(明治23年生)の次男として出生。12月4日、父死去。		3月、戦後恐慌始まる。5月、東京上野で日本初のメーデー。
1927(昭和2)7歳	4月、村立南五個荘尋常小学校入学。	11月、日本歌人協会結成。	7月、芥川龍之介自殺。この年、金融恐慌が始まり、プロレタリア文学が盛んになる。
1933(昭和8)13歳	4月、滋賀県立神崎商業学校(現・滋賀県立八日市南高等学校)入学。『聖書』や『萬葉集』、文学全集等を濫読。	9月、土岐善麿『新歌集作品1』。	2月、小林多喜二検挙、虐殺。3月、日本が国際連盟脱退。10月、「文學界」創刊。
1938(昭和13)18歳	滋賀県立神崎商業学校卒業。大阪の繊維商社・又一株式会社に就職。	7月、五島茂「立春」創刊。	4月、国家総動員法発布。

1941（昭和16）21歳	8月、国民徴用令により呉市の広海軍工廠に徴用。会計部に配属。	10月、大日本歌人協会編『支那事変歌集　銃後篇』。	12月、太平洋戦争始まる。
1943（昭和18）23歳	幸野羊三主宰・呉の歌誌「木槿」に入会。 5月、「木槿」に8首が掲載される。 10月、大阪の歌誌「紀元」に「秋のひかり」7首が掲載される。	6月、斎藤茂吉『源実朝』。	5月、アッツ島日本軍玉砕。 10月、保田與重郎『芭蕉』。
1944（昭和19）24歳	8月31日、母死去、享年55。挽歌百首を制作、筐底に秘める。後（1992年）に『薄明母音』と題し刊行。 11月、歌誌「青樫」同人となり、毎月作品を発表。誌上にて竹島慶子を知る。	4月、日本出版会歌誌統合決定。16誌残る。	7月、サイパン島玉砕。
1945（昭和20）25歳	8月6日、広島原爆の様子を呉より遠望する。15日、終戦。23日、帰郷。 10月、又一株式会社に復職、兵庫県川辺郡川西町寺畑に居住。	5月、佐藤佐太郎「歩道」創刊。敗戦後に「短歌研究」と「アララギ」が復刊9月号を出すが、発行は10月以降。 10月、「多磨」「潮音」復刊。 11月、佐佐木信綱『黎明』。	8月、広島、長崎に原爆投下、日本無条件降伏。
1946（昭和21）26歳	7月、尾道出張所に転勤となり三原に居住。 11月、広島出張所を兼任。	3月、小田切秀雄「歌の条件」（「人民短歌」）。 5月、臼井吉見「短歌への訣別」（「展望」）。宮柊二『軍鶏』。桑原武夫「第二芸術」（「世界」）。	4月、戦後初の選挙で女性代議士39人が登場。 5月、極東軍事裁判始まる。

1947（昭和22）27歳	前川佐美雄に師事、歌誌「オレンヂ」に歌を発表。未知の同人杉原一司の歌に衝撃を受け、以降杉原の死去まで親交を結び、志を同じくする。 2月、前月に復刊した「青樫」の大阪歌会に出席し、竹島慶子と出会う。	5月、桑原武夫「短歌の運命」（「八雲」）。 6月、近藤芳美「新しき短歌の規定」（「短歌研究」）。	5月、日本国憲法施行。 9月、鮎川信夫ら詩誌「荒地」創刊。 12月、改正民法公布。家制度廃止。
1948（昭和23）28歳	3月、岡山出張所に赴任。 5月10日、竹島慶子と結婚。倉敷の叔父外村吉之介（民藝運動家・染織家。後に倉敷・熊本両民藝館館長）方に同居。慶子は「青樫」に所属、「オレンヂ」「くれなゐ」等に参加。 12月、杉原一司と初対面。	1月、小野十三郎「奴隷の韻律」（「八雲」）。 2月、近藤芳美『早春歌』、『埃吹く街』。 9月、日本歌人クラブ創立。	6月、太宰治玉川上水入水自殺。 12月、A級戦犯処刑。
1949（昭和24）29歳	2月、松江に転勤となり、単身赴任。 4月9日、長男青史誕生。 7月、杉原一司を鳥取県八頭郡丹比村の自宅に訪ねる。 8月、同人誌「メトード」を杉原一司の命名にて創刊。	8月、斎藤茂吉『白き山』。 9月、「女人短歌」創刊。	7月、下山事件、三鷹事件。三島由紀夫『仮面の告白』。 10月、中華人民共和国樹立。 11月、湯川秀樹ノーベル物理学賞受賞。
1950（昭和25）30歳	2月、杉原が病臥のため「メトード」は7号で廃刊。 5月21日、杉原一司死去。 12月、「日本歌人」の同人の合同歌集『高踏《かうたふ》集《しふ》』に「クリスタロイド」76首を以て参加。	11月、葛原妙子『橙黄』。折口信夫「女人短歌序説」（「女人短歌」）。	6月、朝鮮戦争始まる。 8月、警察予備隊創設。

1951（昭和26）31歳	8月、第一歌集『水葬物語《すいさうものがたり》』刊行打合せの為、鳥海多佳男来訪。8月7日、『水葬物語』（メトード社）刊行。「短歌研究」8月号のモダニズム短歌特集に中井英夫編集長の依頼を受け、「弔旗」10首発表。9月、大阪勤務となり、中河内郡盾津町（現東大阪市南鴻池町）に居を構える。10月、「日本短歌」に評論「戦後派の言葉」を発表。23日、印刷所より『水葬物語』限定120部が到着。	1月、釈迢空「女流の歌を閉塞したもの」（「短歌研究」）。6月、近藤芳美・岡井隆ら歌誌「未来」創刊。	9月、サンフランシスコ講和条約。
1952（昭和27）32歳	5月、高柳重信、鳥海多佳男来訪し1泊。7月、「短歌研究」に『水葬物語』が紹介される。自選68首掲載。「文學界」9月号に、三島由紀夫推奨により『水葬物語』の「環状路」10首が抄出掲載され、多くの話題を集める。	8月、創元社『現代短歌全集』・河出書房『現代短歌大系』刊行開始。	5月、血のメーデー。6月、谷川俊太郎『二十億光年の孤独』。7月、破壊活動防止法公布。
1953（昭和28）33歳	11月、職場集団検診で肺結核と診断される。	2月、斎藤茂吉没（70歳）。8月、森岡貞香『白蛾』。9月、釈迢空没（66歳）。	2月、テレビ放送開始。

1954（昭和29）34歳	2月、喀痰培養検査の結果、ガフキー8号と判明、療養を命じられる。 3月、胸部断層撮影、左肺尖、鎖骨下に空洞、右肺小病巣が認められ、ヒドラジッド投薬、気胸療法始める。 7月、療養のため休職。大東勝之助医師により、週2回ストレプトマイシン投与。	1月、総合誌「短歌」（角川書店）創刊。 4月、中城ふみ子「乳房喪失」（第一回「短歌研究」新人賞）。 7月、「塔」創刊。 10月、『折口信夫全集』全31巻（中央公論社）刊行開始。	3月、ビキニ水爆実験で第五福竜丸被爆。
1955（昭和30）35歳	10月、岡井隆に初めて手紙を書き、12月、大阪市立美術館「メキシコ美術展」で会う。	1月、太田水穂没（78歳）。 3月、葛原妙子「再び女人の短歌を閉塞するもの」（「短歌」）。 4月、中城ふみ子『花の原型』。 5月、馬場あき子『早笛』。	
1956（昭和31）36歳	3月、第二歌集『装飾樂句《カデンツァ》』（作品社）刊行。 「短歌研究」誌上にて大岡信と論争（3月号に「ガリヴァーへの献詞」、5月号「遺言について」、8月「ただこれだけの唄」の計3回で終結）。 4月、大阪北浜のフジグリルにおいて「『装飾樂句』出版祝賀会」が、吉田彌壽夫、山中智恵子、上田三四二、清原令子らの参加によって開催。 7月5日、職場復帰、財務部勤務。	1月、現代歌人協会結成。 7月、森岡貞香『未知』。 10月、岡井隆『斉唱』。	1月、石原慎太郎『太陽の季節』。 7月、経済白書「もはや戦後ではない」。 11月、ハンガリー動乱。 12月、国際連合加入。

1958（昭和33）38歳	10月、第三歌集『日本人靈歌』（四季書房）刊行。 12月、『日本人靈歌』の出版記念会が大阪北浜の清友会館にて開催され、壽岳文章、前川佐美雄ら出席。寺山修司、春日井建、「短歌」編集長中井英夫、「短歌研究」編集長杉山正樹らと初めて会う。	6月、寺山修司『空には本』。	1月、大江健三郎「飼育」（「文學界」）、第39回芥川賞を受賞。
1959（昭和34）39歳	6月、『日本人靈歌』で第3回現代歌人協会賞受賞。	1月、馬場あき子『地下にともる灯』。 9月、齋藤史『密閉部落』。	4月、皇太子御成婚。 9月、伊勢湾台風。
1960（昭和35）40歳	6月、山中智恵子、岡井隆、寺山修司、春日井建、菱川善夫、安永蕗子、秋村功、浜田到ら10名で同人誌「極」を創刊するも、1号のみで廃刊となる。	9月、春日井建『未青年』。 12月、総合誌「律」創刊。岸上大作没（21歳）。	6月、60年安保闘争、樺美智子死亡。 12月、池田内閣、所得倍増政策を発表。
1961（昭和36）41歳	2月、第四歌集『水銀傳説』（白玉書房）刊行。 3月、東京千駄ケ谷の全商会館において「塚本邦雄を囲む会」。20日　第7回角川短歌賞詮衡座談会に出席。	2月、岡井隆『土地よ、痛みを負え』。 10月、吉本隆明「言語にとって美とは何か」連載開始（「試行」40年6月まで）。	4月、ガガーリン人類初の宇宙飛行に成功。
1962（昭和37）42歳	2月17日、「関西青年歌人会・黒の会」第1回例会（大阪・大融寺）に出席。	4月、齋藤史「原型」創刊。 9月、安永蕗子『魚愁』。	

1963（昭和38）43歳	4月27・28日、東京・豊島園における「一九六三年現代短歌シンポジウム」に参加し、「現代短歌における方法の研究」を発表。 9月、「律」3号掲載の共同制作定型詩劇「ハムレット」を構成、演出。	3月、山中智恵子『紡錘』。 11月、葛原妙子『葡萄木立』。	11月、ケネディ大統領暗殺。
1964（昭和39）44歳	5月、東京で中井英夫『虚無への供物』出版記念会に出席。初めて三島由紀夫、澁澤龍彦と会う。	10月、前登志夫『子午線の繭』刊行。村上一郎「無名鬼」創刊。 12月、深作光貞「ジュルナール律」創刊。	
1965（昭和40）45歳	5月、第五歌集『緑色研究』（白玉書房）刊行。 6月、東京神田にあるロシア料理バラライカで「『緑色研究』の出版を祝う会」、葛原妙子、篠弘、岡井隆らが出席。	5月、吉本隆明『言語にとって美とはなにか』。 8月、寺山修司『田園に死す』。	2月、米軍の北ベトナム空爆開始。
1966（昭和41）46歳	4月　寺山修司に誘われ、京都競馬場で天皇賞レースを観る。 5月、篠弘と共に三島由紀夫と晩餐。	7月、大西民子『無数の耳』。	5月、中国で文化大革命始まる。 9月、サルトル、ボーヴォワール来日、各地で講演。
1967（昭和42）47歳	12月、明治大学において現代歌人協会主催「現代短歌土曜講座」の講演。	4月、窪田空穂没（89歳）。 10月、岡野弘彦『冬の家族』。	9月、大江健三郎『万延元年のフットボール』。

1968（昭和43）48歳	11月　澁澤龍彦責任編集の「血と薔薇」創刊号に「悦樂園園丁辭典」を発表。2、3号に連載。	4月、浜田到没（49歳）。 9月、山中智恵子『みずかありなむ』。 10月、近藤芳美『黒豹』。	10月、川端康成、ノーベル文学賞受賞決定。
1969（昭和44）49歳	9月、第六歌集『感幻樂』（白玉書房）刊行。 11月、京都教育文化センターにおける「幻想派」「立命短歌」「京大短歌」グループ主催の「『感幻樂』批評会」に出席、永田和宏、生田耕作、安森敏隆ら参加。 12月、「短歌」12月号で「塚本邦雄の世界」特集。	4月、福島泰樹・三枝昻之ら「反措定」創刊。 10月、福島泰樹『バリケード・一九六六年二月』。浜田到『架橋』。	1月、東大闘争安田講堂攻防戦。 7月、アポロ11号月面着陸。
1970（昭和45）50歳	3月、「福島泰樹『バリケード・一九六六年二月』の会」にメッセージを贈る。 4月、第16回角川短歌賞詮衡座談会に出席。 11月、政田岑生、湯川成一と初めて会う。 12月、第一から第六歌集を纏めた『塚本邦雄歌集』（白玉書房）刊行。	10月、葛原妙子『朱靈』、佐佐木幸綱『群黎』。	3月、赤軍派「よど号」ハイジャック。 11月、三島由紀夫自衛隊市ヶ谷駐屯地で自死。
1971（昭和46）51歳	1月、「Energy」29号「特集リズムと文化」座談会「七五調の周辺」に、大野晋、大岡信、小泉文夫、佐藤覚の諸氏と出席（東京・ざくろTBS店にて）。その後、高橋陸郎を訪問。 2月、初散文集『悦樂園園丁辭典』（薔薇十字社）刊行。 6月、自選歌集『茴香變』（湯川書房）刊行。	1月、『寺山修司全歌集』。 6月、中井英夫『黒衣の短歌史』。	6月、沖縄返還協定調印。

	9月、初歌論集『夕暮の諧調』（人文書院）刊行。 11月、高橋睦郎来訪。 12月、第七歌集『星餐圖』（人文書院）刊行。		
1972（昭和47） 52歳	この年、三一書房『現代短歌大系』全12巻の責任編集員の一員となる。 2月、初小説集『紺青のわかれ』（中央公論社）刊行。 8月、第八歌集『蒼鬱境』（湯川書房）刊行。	1月、「雁」創刊。 5月、河野裕子『森のやうに獣のやうに』。 10月、三一書房版『現代短歌大系』全12巻配本開始。	2月、連合赤軍浅間山荘事件。 4月、川端康成自死。 6月、田中角栄「日本列島改造論」。
1973（昭和48） 53歳	2月、加藤郁乎と対談（東京・山の上ホテル）。 3月、新書館より発行の『火と水の対話』のため寺山修司と対談（東京・京王プラザホテル）。 4月、初句集『斷絃のための七十句』（書肆季節社）刊行。 7月、自選歌集『眩暈祈禱書』（審美社）刊行。 10月、第九歌集『青き菊の主題』（人文書院）刊行。 11月、大阪近鉄百貨店上本町店にて「塚本邦雄—著書と墨蹟展」開催、記念歌集『黄冠集』（書肆季節社）刊行。	1月、岡井隆『辺境よりの註釈 塚本邦雄ノート』。 5月、三枝昻之『やさしき志士たちの世界へ』。	3月、ベトナム戦争終結宣言。 8月、金大中氏ら致事件。
1974（昭和49） 54歳	1月、会社を円満退社し、以降執筆に専念。 12月、未刊歌集『驟雨修辭學』（大和書房）刊行。	5月、上田三四二『戦後短歌史』。 伊藤一彦『瞑鳥記』。 10月、村木道彦『天唇』。	8月、三菱重工爆破事件。

1975（昭和50）55歳	2月、夫人同伴でハワイ旅行。 3月、季刊誌「銀花」（文化出版局）21号「塚本邦雄特集」。 6月、第十歌集『されど遊星』（人文書院）刊行。 12月、未刊歌集『透明文法』（大和書房）刊行。	12月、永田和宏『メビウスの地平』。	4月、サイゴン陥落、ベトナム戦争終結。
1976（昭和51）56歳	「國文學　解釈と教材の研究」（學燈社）1月号「美の狩人・塚本邦雄と寺山修司」特集。 4月、夫人と共に復活祭の欧州各地周遊。 6月、東京赤坂・銀花コーナーにおいて第1回「塚本邦雄墨韻展」開催。 9月、「サンデー毎日」に「七曜一首・七曜一句」連載開始。	1月、篠弘『近代短歌論争史　明治大正編』。 3月、高野公彦『汽水の光』。 4月、平井弘『前線』。 9月、齋藤史『ひたくれなゐ』。	7月、村上龍『限りなく透明に近いブルー』。ロッキード事件で田中首相逮捕。 9月、毛沢東死去。
1977（昭和52）57歳	4月、『茂吉秀歌『赤光』百首』（文藝春秋）刊行。 5月、夫人と共にスペイン横断旅行。 6月、第十一歌集『閑雅空間』（湯川書房）刊行。 9月、NHKテレビ「日曜美術館―私とヴェラスケス」に出演。	3月、馬場あき子『桜花伝承』。 6月、吉本隆明『初期歌謡論』。 7月、「短歌現代」創刊。 11月、葛原妙子『鷹の井戸』。 12月、磯田光一編『塚本邦雄論集』。	

1978（昭和53）58歳	「ミセス」女流三賞授賞式に出席（東京・京王プラザホテル）、短歌部門は馬場あき子が受賞。 6月、夫人と共にオーストリアを周遊。	7月、永井陽子『なよたけ拾遺』。 11月、小池光『バルサの翼』。	8月、日中平和友好条約調印。
1979（昭和54）59歳	5月、NHKラジオ「後鳥羽院」の録音、三國一朗と対談。 6月、夫人と共にルクセンブルク、モナコなどを巡る。 7月、第十二歌集『天變の書』（書肆季節社）刊行。 9月、「サンデー毎日」に「サンデー秀句館」にて投稿者の撰を開始（1982年5月まで）。 11月、自選歌集『反婚默示録』（大和書房）刊行。	9月、松平盟子『帆を張る父のやうに』。 12月、三枝昻之『現代定型論　気象の帯、夢の地核』。	
1980（昭和55）60歳	1月、NHKテレビ「百人一首の謎」に出演（池田彌三郎、竹西寛子同席）。 4、5月、夫人と共にフランス周遊。	9月、阿木津英『紫木蓮まで・風舌』。	7月、モスクワオリンピック、日本はボイコット。 9月、イラン・イラク戦争。
1981（昭和56）61歳	7月、毎日新聞に「けさひらく言葉」連載開始（1986年12月まで）。イタリア中世古都歴訪。ミラノでレオナルド・ダ・ヴィンチの「最後の晩餐」を観る。	3月、永田和宏『表現の吃水』。 7月、篠弘『近代短歌論争史　昭和編』。 10月、北嶋廣敏・政田岑生編『塚本邦雄論集成　第一輯』。	10月4日、保田與重郎死去（71歳）。

1982(昭和57)62歳	5月、『定本　塚本邦雄湊合歌集』(文藝春秋)刊行。 8月、スペイン各地からポルトガル、南仏地方を周遊。 10月　第十三歌集『歌人』(花曜社)刊行。	7月、井辻朱美『地球追放』。 9月、武川忠一「音」創刊。	6月、東北新幹線開業。 11月、上越新幹線開業。
1983(昭和58)63歳	「短歌」3月号「塚本邦雄」特集。 6月、イタリア南部及び懸案のカプリ島の「琅玕洞」を観る。シチリア各地を歴訪、パレルモに到る。 11月、ソネット詩集『樹映交感』(書肆季節社)刊行。	5月4日、寺山修司没(47歳)。 7月、篠弘『現代短歌史Ⅰ　戦後短歌の運動』。	3月1日、小林秀雄死去(80歳)。 4月、東京ディズニーランド開業。
1984(昭和59)64歳	「国文学　解釈と鑑賞」2月号で特集「塚本邦雄の世界」。 6月、ウィーン、ザルツブルク、ミュンヘン等を周遊。ルートヴィヒ二世のノイシュヴァンシュタイン城を訪れる。 8月、第十四歌集『豹變』(花曜社)刊行。	10月、栗木京子『水惑星』。	
1985(昭和60)65歳	6月、瀬戸内寂聴のコーディネートにより徳島市「寂聴塾」にて講演。 8月、ポルトガル西海岸沿いに北上、ロカ岬、コインブラを経て、聖地サンティアゴ・デ・コンポステーラに逗留、マジョルカ島に飛びショパン旧跡を巡る。	4月、木俣修没(76歳)。 5月、仙波龍英『わたしは可愛い三月兎』。 7月、北嶋廣敏『探検百首　塚本邦雄の美的宇宙』。 9月、葛原妙子没(78歳)。	

	9月、未刊歌集『初學歷然』（花曜社）刊行。 10月10日、政田岑生の尽力による、塚本邦雄撰歌誌「玲瓏」創刊準備号刊行、主宰となる。		
1986 （昭和61） 66歳	7月、バルセロナからアンドラ公国、カルカッソンヌ、ラスコー洞窟、ペリゴール地方と南仏を中心に周遊。ピカソ美術館を鑑賞。 9月、第十五歌集『詩歌變』（不識書院）刊行。 10月、『日本の名随筆48　香』（作品社）塚本邦雄編。	9月、坂井修一『ラビュリントスの日々』。 12月、宮柊二死去（74歳）、林あまり『MARS☆ANGEL』。	4月、チェルノブイリ原発事故（ソ連邦）。 12月、バブル景気始まる。
1987 （昭和62） 67歳	1月、毎日新聞に「塚本邦雄の選歌新唱」連載開始。 5月、『詩歌變』で第2回詩歌文学館賞受賞。 7月、スイス及び北・南イタリア旅行、コモ湖畔とティヴォリのエステ荘に遊び、パドヴァのスクロヴェーニ礼拝堂にて、茂吉の「マリア・マグダレナ」を確認。 8月、「塚本邦雄の變を嘉する會」。 11月、自選歌集『寵歌』（花曜社）刊行。NHKテレビ「ビッグ対談」に龍太と出演。	7月、俵万智『サラダ記念日』ベストセラー。佐藤佐太郎死去（77歳）。安森敏隆『創造的塚本邦雄論』。 8月、佐藤佐太郎没（77歳）。 11月、加藤治郎『サニー・サイド・アップ』。	3月、国鉄分割民営化。 9月、村上春樹『ノルウェイの森』刊行、記録的なベストセラーとなる。

1988（昭和63）68歳	第18回銀花薫章受章。 3月、第十六歌集『不變律』（花曜社）刊行。 7、8月、スコットランド、イングランド周遊。シェイクスピア劇場にて「テンペスト」観劇。「歌壇」7月号に二人百首歌・塚本邦雄と岡井隆で「花鳥百首」と題し百首発表（『波瀾』所収）。 8月、玲瓏の会「全国の集ひ」開催。玲瓏叢書の第一巻として間奏歌集『玲瓏』（書肆季節社）刊行。 9月、国文社より「現代歌人文庫1」として『塚本邦雄歌集』（国文社）刊行。	1月、篠弘『現代短歌史Ⅱ 前衛短歌の時代』。 10月、米川千嘉子『夏空の櫂』。 11月、坪野哲久没（82歳）。	東京埼玉連続幼女誘拐殺人事件（宮崎勤事件、～89年）。 3月、青函トンネル開業。 4月、瀬戸大橋開業。 5月、山本健吉没（81歳）。
1989（昭和64 平成元）69歳	4月、近畿大学文芸学部教授就任。短歌新聞社現代短歌全集49巻として旅詠『ラテン吟遊』刊行。 5月、「月光」第6号掲載のインタビューのため福島泰樹と対談（大阪）。 6月、『不變律』で第23回迢空賞受賞。フランス、スペイン、バスク地方を周遊。パンプローナで「サン-フェルミン祭」を観る。「歌壇」6月号「作家研究・塚本邦雄」。	1月、総合誌「短歌往来」創刊。上田三四二没（65歳）。 5月、水原紫苑『びあんか』。 7月、小高賢『批評への意志』。 9月、藤原龍一郎『夢みる頃を過ぎても』。大辻隆弘『水廊』。	1月7日、昭和天皇崩御。改元。 6月4日、天安門事件。 11月9日、ベルリンの壁崩壊。

1990（平成2）70歳	「俳句四季・夏」6月号増刊「塚本邦雄特集」。7、8月、南仏オーヴェルニ地方北部山岳地帯から南に下り、トゥールーズを経て、ヴァレリーの墓のあるセート、アルル、アビニョン等を周遊。セートのヴァレリー「海辺の墓地」に詣でる。11月、紫綬褒章受章。12月、書肆季節社『現代詩コレクション』を撰著監修。	10月、川野里子『五月の王』。穂村弘『シンジケート』。11月、三枝昂之『うたの水脈』。12月、土屋文明没（100歳）。篠弘『百科全書派』。	8月、イラクによるクウェート侵攻（湾岸戦争へ）。10月、東西ドイツ統一。
1991（平成3）71歳	4月、第十八歌集『黄金律』（花曜社）刊行。10月、「現代短歌雁」（雁書館）20号「総力特集・塚本邦雄と岡井隆」（インタビュー・塚本邦雄の現在　構成：永田和宏）。	11月、島田修三『晴朗悲歌集』。12月、内藤明『壺中の空』。	1月、湾岸戦争。12月、ソ連邦崩壊。
1992（平成4）72歳	5月、『黄金律』で第3回齋藤茂吉短歌文学賞受賞。8月、イタリア周遊。ミラノ、ストレーザ、ジェノヴァ、ヴェネチア、フェッラーラ、ボローニャ、シエナ等を周遊。フィレンツェにてボッティチェッリの「春」を観る。12月、短歌研究社より自選歌集文庫『塚本邦雄歌集』刊行。	5月、小島ゆかり『月光公園』。	8月12日、中上健次死去（46歳）。

1993（平成5） 73歳	1月、東京・品川区の香蘭女学校にて「乱れそめにし」と題して講演。 「玲瓏の会—塚本邦雄先生を囲む東京の集い」出席（東京都近代文学博物館）。 3月、第十九歌集『魔王』（書肆季節社）刊行。 8月、シャルルヴィル・メジェールにてランボー記念館、コルマールのウンテルリンデン教会にてグリューネヴァルトの「磔形図」を確認。 9月、「未来」500号記念大会にて「前衛四十二年」と題し講演（東京・日本出版クラブ）。 12月、『魔王』で第16回現代短歌大賞受賞。	6月、寺山修司『黄金時代』。 8月、谷岡亜紀『臨界』。 11月、三枝昻之『前川佐美雄』。 12月10日、中井英夫没（71歳）。	
1994（平成6） 74歳	6月29日、書肆季節社主宰政田岑生死去、享年60。30日、葬儀で弔辞を述べる。 8、9月、南イタリア周遊。 11月、第二十歌集『獻身』（湯川書房）刊行。 11月3日、NHKラジオ第一「暁の言葉」に出演。	3月、篠弘『現代短歌史Ⅲ　六〇年代の選択』。	10月、大江健三郎ノーベル文学賞を受賞。
1995（平成7） 75歳	1月、阪神淡路大震災に自宅にて被災。 8月、スイス、美術館巡り。セガンティーニ、フュースリー、クレーらの絵画を堪能。	8月、吉川宏志『青蟬』。	1月17日、阪神淡路大震災。 3月20日、地下鉄サリン事件（オウム真理教）。

1996（平成8） 76歳	2月、NHKラジオ第一「わが故郷・わが青春」に出演。放送大学特別講義「現代短歌の世界」に出演。 8月、ノルマンディ、ブルターニュの旅。ジャック・プレヴェールの「バルバラ」の舞台、ブレスト。坂井修一『鑑賞現代短歌　塚本邦雄』。 10月、第二十一歌集『風雅黙示録』（玲瓏館）刊行。	6月、小島ゆかり『ヘブライ暦』。 12月、東直子『春原さんのリコーダー』。	
1997（平成9） 77歳	4月、「短歌王国スペシャル第三回BS市民参加短歌大会」（NHK衛星第二テレビ）に選者として出演。 4月29日、勲四等旭日小綬章受章。 「歌壇」5月号に「月耀變」300首を一挙発表（『詩魂玲瓏』所収）。 8月、第二十二歌集『汨羅變』（短歌研究社）刊行。	12月、渡辺松男『寒気氾濫』。「アララギ」終刊。「女人短歌」終刊。	2～5月、神戸連続児童殺傷事件（酒鬼薔薇聖斗事件）。
1998（平成10） 78歳	4月、「短歌王国スペシャル第五回BS市民参加短歌大会」（NHK衛星第二テレビ）に選者として出演。 9月8日、慶子夫人死去、享年73。 10月、第二十三歌集『詩魂玲瓏』（柊書房）刊行。	4月、岡井隆『前衛短歌運動の渦中で』。 12月、篠弘『現代短歌史の争点』。	4月、明石海峡大橋開通。

	11月、『塚本邦雄全集』（ゆまに書房）全十五巻＋別巻一巻の刊行開始。「短歌王国スペシャル第六回BS市民参加短歌大会」（NHK衛星第二テレビ）に選者として出演。 12月、国文社より現代歌人文庫『続・塚本邦雄歌集』刊行。		
1999（平成11） 79歳	3月、近畿大学文芸学部教授退任。 6月、対談集『獨斷の榮耀』のため安森敏隆と対談（大阪ガーデンパレス）。 10月、「列島横断秋の短歌王国スペシャル第八回」（NHK衛星第二テレビ）に選者として出演。	12月、『岩波現代短歌辞典』。	
2000（平成12） 80歳	5月、「第九回列島横断春の短歌王国スペシャル」（NHK衛星第二テレビ）に選者として出演。 8月、胆管結石と急性肝炎を併発、治療のため入院、9月、退院。	4月、穂村弘『短歌という爆弾　今すぐ歌人になりたいあなたのために』。	
2001（平成13） 81歳	3月、第二十四歌集『約翰傳僞書』（短歌研究社）刊行。 6月、『塚本邦雄全集』、別巻をもって刊行は完了。	7月、小池光・三枝昂之・島田修三・永田和宏・山田富士郎『昭和短歌の再検討』。	9月11日、アメリカ同時多発テロ事件。

2002（平成14）82歳	「短歌」10月号、特集「塚本邦雄に出会う」。「短歌朝日」（朝日新聞社）11・12月号、特集「塚本邦雄が選ぶ日本の名歌二百首」。	4月26日、斎藤史没（93歳）。10月、『葛原妙子全歌集』。	
2005（平成17）85歳	5月、短歌新聞社より、新現代歌人叢書として選歌集『寵歌變』刊行。6月9日　午後3時54分　呼吸不全のため大阪府守口市の病院にて死去。享年86。12日、東大阪玉泉院において通夜。13日同院にて葬儀、告別式。戒名は玲瓏院神變日授居士。葬儀委員長は現代歌人協会理事長の篠弘。弔辞は馬場あき子、岡井隆、福島泰樹。喪主は長男の青史。8月、「現代詩手帖」特集版「塚本邦雄の宇宙　詩魂玲瓏」。		

＊年譜作成にあたっては、歌誌「玲瓏」および玲瓏の會公式ホームページの「塚本邦雄略歴」、「塚本邦雄展――現代短歌の開拓者」（日本現代詩歌文学館）図録を参照し、塚本青史氏にもご確認いただいた。なお、「短歌界の動き」「社会・文化」の項目に関しては、「新編歌集シリーズ」既刊を参考にした。

■著者略歴

塚本邦雄（つかもと・くにお）

1920年滋賀県生まれ。43年「木槿」入会「青樫」同人となる。47年「日本歌人」の前川佐美雄に師事。51年第一歌集『水葬物語』刊行。中井英夫らの賛同を得て岡井隆、寺山修司らと前衛短歌運動を展開し戦後短歌に新風をもたらし、60年に一冊限りの同人誌「極」を創刊。以後も古典から現代短歌までの流れを遡り、美学や技法などを取り入れながら磨き上げ、短歌の可能性を追求。古今東西の文化や芸術などへの深い知識と教養に裏付けられた創作活動は、三島由紀夫に称賛されるなど、分野を超えて広く影響を及ぼした。85年歌誌「玲瓏」主宰となる。現代歌人協会賞、詩歌文学館賞、迢空賞、斎藤茂吉文学館賞、現代短歌大賞などを受賞。01年「塚本邦雄全集」完結。短歌、小説、評論、アンソロジーなど、その著書約300冊。05年6月9日歿。09年日本現代詩歌文学館に蔵書および遺品の一部が寄贈された。

■編者略歴

尾崎まゆみ（おざき・まゆみ）

1955年愛媛県生まれ。1977年早稲田大学教育学部国語国文学科卒業。1987年塚本邦雄に出会い師事。「玲瓏」入会。1991年第34回短歌研究新人賞受賞。現在「玲瓏」撰者　編集委員。神戸新聞文芸短歌選者、伊丹歌壇選者。歌集に、『微熱海域』、『酸つぱい月』、『真珠鎖骨』、『時の孔雀』、『明媚な闇』日本歌人クラブ近畿ブロック優良歌集賞、『奇麗な指』『ゴダールの悪夢』。他にセレクション歌人12『尾崎まゆみ集』、『尾崎まゆみ歌集』現代短歌文庫132。歌書『レダの靴を履いて　塚本邦雄の歌と歩く』、共著『塚本邦雄論集』など。

塚本邦雄歌集

二〇二四年十一月一日　第一刷発行

著　者　塚本邦雄
編　者　尾崎まゆみ
発行者　池田雪
発行所　株式会社 書肆侃侃房（しょしかんかんぼう）
〒八一〇-〇〇四一
福岡市中央区大名二-八-十八-五〇一
TEL：〇九二-七三五-二八〇二
FAX：〇九二-七三五-二七九二
http://www.kankanbou.com　info@kankanbou.com

編　集　田島安江・藤枝大
ブックデザイン　六月
DTP　黒木留実
印刷・製本　モリモト印刷株式会社

ISBN978-4-86385-630-1　C0092

塚本邦雄歌集　栞

塚本邦雄という方法《メトード》

井上法子

態度よりも方法を、と、塚本邦雄は書き残した。その作品を前に、わたしたちはとりどりに、あらゆる方法を幻視するだろう。

革命歌作詞家に凭りかかられてすこしづつ液化してゆくピアノ　『水葬物語』

じつに美しく、そしてグロテスクな光景だ。七つの白鍵、五つの黒鍵が規則正しく並んでいる「ピアノ」が、「すこしづつ液化してゆく」という……。これはまるで、五音と七音から成る短歌定型の、崩壊の喩のようでもある。さらにここで描かれているのは、作曲家ではなく「作詞家」の、だらしなく「ピアノ」に体を預けている様子。ともするとこれは、「ピアノ」に暗喩される定型へ、「作詞家」に暗喩される歌人が凭れかかり、破壊しつつあることの諷刺とも読み取れる。盛んに唱えられた短歌滅亡論や否定論の内容が、たった三十一文字の歌のなかにある。しかし、この歌の形式自体は、寧ろ定型に凭れかかるような作りをしていない。形式と内容の相反は、この詩型ゆえ簡潔に、効果的に表現できる——短歌だからこそ可能となるものが、巻頭の一首でパフォーマティヴに体現されている。

五月祭の汗の青年　病むわれは火のごとき孤獨もちてへだたる　『装飾樂句《カデンツァ》』

『水葬物語』では徹底して身を潜めていた「われ」が、冒頭から顔をのぞかせている。「青年」は「われ」と対照的な、水と煌めきをたたえている。この「われ」の病が何であっても、対応する言葉同士の関係性は崩れることなく、わたしたちは〈生〉に対するほの昏いイメージを共有するだろう。そうして「われ」以外の誰かが、その空間に身を投じることをゆるすのだ。この「われ」は、いわば誰もが「われ」に成り代わる魂の次元に存在している。

日本脱出したし　皇帝ペンギンも皇帝ペンギン飼育係りも　『日本人靈歌』

作中の登場キャラクターはいっさいの肉声を持たず、「脱出」を希うのみ。願望を吐露するのは、「皇帝ペンギン」でも「飼育係り」でもなく、実は語り手である。この歌の発表される少し前に塚本は、つぎのような文章を書いている。

満身の傷にひきつれながら鉛色の檻に縛められている老いた冠鶴、即ち僕のかつて選んだ唯一の詩形式「短歌」が見物人の憫笑と悪罵の中で醜く羽搏いているのを発見したのだ。(……)僕は優雅な冠鶴をここまで衰弱させた先輩飼育人が何とも怠惰で無能のように思えたのだ。

「ガリヴァーへの献詞―魂のレアリスムを」

ここでは語り手が破調を伴って、つまり新しい調べを創出する―「鉛色の檻」から脱する―ことで、「冠鶴」は「皇帝ペンギン」へと、「先輩飼育人」は「皇帝ペンギン飼育係り」へと姿を変える。そうすることで、ようやく語り手が語り始めることのできた言葉がある。それは「日本」だ。〈魂のレアリスム〉に目覚めたそのまなざしは、誰よりもまっすぐに短歌の「現實」を見据えている。

ここでは最初期の歌集の、それぞれの巻頭歌に注目した。塚本邦雄という方法をめぐって、その作品を一望できる本書の誕生に立ち会えたことを、こころから幸福におもう。

にくしみとたましひ

染野太朗

短歌を読み始めてしばらく経った、けれどもまだ二十歳くらいだったろう、私は塚本邦雄の歌に出会った。そこになにが書かれているのかまったくわからず、でもこれは読まなければならないものなのだとほとんど強迫観念に近い思いを抱き、ただその文字の上に視線を漂わせて、読んだ。少しずつ、そこにある言葉と世界が理解できるようになったが、しかし私にとって塚本は長らく、その歌に憎しみしか見いだせない歌人だった。ただとにかく憎しみだけがそこにあった。きらびやかに配置された語と隙のない韻律になんとか分け入って、深く分け入って、そののちに感じるほとんどたったひとつきらめきが憎しみだった。どの歌を読んでも、その一首から、そこに濃淡はあれ、憎しみを感じた。それらはもちろん、戦争や戦後日本社会への憎しみ、そして「語割れ、句跨り、あるいは喩の拡大、アレゴリーや、パロディーの導入といった技法、他ジャンルとの交流、古今東西にわたる多種多様な素材や主題の渉猟など」（小高賢、『現代短歌の鑑賞101』（新書館））といった方法面からとらえれば、短歌形式そのものへの憎しみ（と過剰なまでの愛）として、これまで何度も説明されてきた。しかし、だとしてもその憎しみは、あまりに純化され過ぎているように感じられた。

にくしみに支へられたるわが生《せい》に暗緑の骨の夏薔薇の幹　『装飾樂句《カデンツァ》』

この「にくしみ」の対象は、一首において明らかにされていない。その代わりに鮮やかなのが下の句のメタファーである。ひとつのイメージでありながら、自身の背骨として肉体を貫いているかのような、具体的な手触りのあるこの夏薔薇の幹は、暗く、硬く、かつ美しい。この喩のありようと一首の構造は、塚本的方法の典型のひとつと言えるはずだ。そしてその典型がもたらしたものが、感情、あるいはメッセージ、行為、出来事の限りない純化なのだった。

革命歌作詞家に凭りかかられてすこしづつ液化してゆくピアノ　『水葬物語』
聖母像ばかりならべてある美術館の出口につづく火藥庫
帝王のかく閑《しづ》かなる怒りもて割く新月の香のたちばなを　『感幻樂』

革命やそれに奉仕する言葉への懐疑、というよりこれはほとんど否定だろう。表層は美しく整えられた、しかし不穏や破滅をすでに内包している社会。いずれも鮮やかな映像としてのメタファーに目を奪われるし、その意匠こそ歌の重要な核ではある。しかしそこには、皮肉とともにある、強烈な、たったひとつのメッセージが、あまりにもはっきりと横たわっている。塚本の歌はときに難解ではあるのだが、その先にあるメッセージ自体は、決して難しいものばかりではない。それから、右の「帝王」とは承久の乱で隠岐に流された後鳥羽院であるが、それが固有名を剝がされて「帝王」と呼ばれ、行為としての「怒り」に「新月の香のたちばな」が添えられることで、「怒り」はイメージのなかで抽象的な香りをまといながら、それそのもののみが前景化、純化している。

純化すること。たったひとつであること。なんてストイックなのだろう。そしてその結果として歌に現われた、例えば「にくしみ」は、怖ろしく、しかし同時に、余裕と滑稽さ、風通しのよさをも漂わせる。

馬を洗はば馬のたましひ冱ゆるまで人戀はば人あやむるこころ

人を恋う、ということが「にくしみ」に連なるような地点へと突きつめられている。純化ということの象徴としてその「たましひ」は限りなく澄みとおり、冷たい。

ポータブル・塚本邦雄

吉田隼人

先輩歌人と話していて「塚本邦雄は『感幻樂』まではマストだぞ、おまえ」的なことを言われたことがあった。まだお互いに歌集出版など夢のまた夢と思っていた頃だ。そのひとは基本的に歌人は誰でも第一歌集がいちばん出来が良くて、あとはどんどんダメになっていくものだという持論のひとだった。だからそのひとの基準からすると塚本邦雄は第一歌集だけで終わらない稀有な歌人ということになる。

ちょうどその先輩の示した範囲と重なる『塚本邦雄歌集』というのが白玉書房というところから出ていたが、古書でもかなりの高値が付いていて手を出しにくい。そう思っていた矢先に短歌ブームがやってきて、全歌集を分冊の文庫で読むという選択肢が増え、こうした一巻本の選集まで出ることになった。一巻本なら気軽に持ち歩くこともできるし、たとえば旅のお供などにもちょうどいいのではなかろうか。

旅のお供に、というのはまんざらただの思い付きでもなくて、恩師の千葉文夫先生からいつか、むかし駅ナカの書店で塚本邦雄の本が売られていて、塚本邦雄を電車旅で読むひとがいるのだろうかとびっくりした、という話をうかがった記憶がある。千葉先生はフランス文学者であって歌人ではない。それが短歌プロパーぐらいにしか通じないものと思い込んでいた塚本邦雄のことをよくご存知だったので、当時だいぶ驚いたのだった。先生はほかにも何人かご存知の歌人の名を挙げられた。いずれも「前衛短歌」とくくられる範囲の名前だった。

塚本邦雄という特定の歌人に千葉先生という「純粋読者」がいることに、昨今のブームがまだ起きない頃だったから大いに驚いたのである。「前衛短歌」が歌壇の狭い枠組みを超えて読まれていたことのひとつの証左である。短歌プロパーでないひとが読んでも「前衛短歌」、ことに塚本邦雄はおもしろい。短歌関係の本は入手が難しく、それが歌壇外に読者をなかなか獲得できない理由のひとつでもあったわけだが、葛原妙子、山中智恵子、前川佐美雄ときて塚本邦雄が続いたこのシリーズが、そうした歌人たちがまたさらに新たな読者に——できることなら詩歌、ことに過去のそれに縁遠い読者たちにも——届く一助となればいいなと思っている。

僕自身は十五歳の頃、塚本邦雄のことをはじめ中学生向けの国語科資料集で知り、そこに一首だけ『日本人靈歌』から引用されていた、

ずぶ濡れのラガー奔るを見おろせり未來にむけるものみな走る

の歌だけ読んで、正直つまらないと思った。ちょうど彼の訃報が僕のうちでとっていた地方紙にまで載った頃である。結局、塚本が構築した万華鏡のような文学空間に出逢うのはその数年後、東京へ出てきて大学に入ってからだった。そこには、

貴族らは夕日を　火夫はひるがほを　少女はひとで戀へり。海にて

のような『水葬物語』の時に可愛らしく時に洒落た世界もあれば、

さみだれにみだるるみどり原子力發電所は首都の中心に置け

のような痛烈な社会批評・文明批判の展開される世界もある。そして何首か歌を知っただけで塚本邦雄のことを非政治的な耽美主義の作家と思い込んでいるひとも少なからずいるだろうが、後者のような社会派の歌はなにも晩年になってから急に、とかいうことでもなく、

かたみに遠き墓地と基地とが眞夜のわが部屋貫きて通じあひゐる

と詠った『日本人靈歌』の頃から一貫しているのである。